U0548389

わたしが一番
きれいだったとき

茨木のり子詩集

在我曾经最美的时候

茨木则子诗集

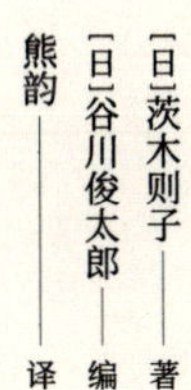

[日]茨木则子——著
[日]谷川俊太郎——编
熊韵——译

北京联合出版公司
Beijing United Publishing Co.,Ltd.

雅众文化 出品

目 录

拾遗诗篇（收录于《茨木则子全诗集》）

（花神社，2010）

译者序

再也　不想倚靠现成的思想 / 再也　不想倚靠现成的宗教 / 再也　不想倚靠现成的学问 / 再也　不想倚靠任何的权威 / 长活至此 / 真正领悟的只有这些 / 仅靠自己的耳目 / 自己的两条腿立足 / 没什么不方便的

若要倚靠 / 那只能是 / 椅背

这首名为《不去倚靠》的诗收录于茨木则子 1999 年出版的同名诗集里。彼时她已 73 岁，出版了八部诗集，被称为日本“现代诗的长女”。在当时的日本文艺界，诗的地位可谓曲高和寡，读者数量远不及其他文类，即便大书店中通常也只设有一个小角落陈列诗集。而这本《不去倚靠》发售后却引起巨大反响，经历多次加印，至 2007 年文库化[1]时，发行量已达十几万本。至今，说到茨木则子便联想到《不去倚靠》的日本人也不在少数。

1　日本书籍出版时一般为 32 开大小的单行本，若销量好，原出版方可能会制作尺寸较小、更适于携带，价格也更便宜的文库本（即中国读者所称的口袋本）。

1989年，柏林墙倒塌，引发了众多的思潮涌动。学问世界的权威不复存在，宗教教派也无法令人信服。1995年，奥姆真理教给大量无辜市民带去灾难，城市之中人心惶惶，放眼四周，没有任何思想、宗教与学问能带来解救方法。或许正是在这种时代氛围中，横空出世的《不去倚靠》切中了人们内心的动摇与迷惘，给人以抛弃陈旧观念、寻找新事物的勇气和力量。诗集不断加印的同时，茨木则子的名字也开始被更多人知晓。

茨木则子，原名宫崎则子，1926年6月12日出生于大阪的一家医院，弟弟英一两年后出生。父亲宫崎洪是位留过洋的全能型医生，对病人无微不至，也因工作原因数次带全家辗转各地。母亲阿胜是山形县鹤岗人，在家时总是使用奔放流利的东北家乡话，而在外人面前则多用不太熟练的标准语（类似于中国的汉语普通话）。说着不同语言的母亲在则子眼里就像两个人，十分有趣，对语言的兴趣大概也由此埋下种子，日后生根发芽，引导她走进了诗歌的世界。

则子11岁那年，母亲去世，此时一家四口已经从大阪到京都，又从京都搬到了爱知。同年，日本与中国拉开战争的帷幕，则子正要开始的青春时代无从选择地与战争交织在一起，她也被动地成为"战中派"[1]一员。

从1937年日中战争（中国称抗日战争）爆发到太平洋战争打响，国内气氛紧张，女学生们被要求换上难

1　战中派：在日本指生于大正末期至昭和初期，在"二战"中度过青年时代的人。与"战前派""战后派"相对。

看但方便活动的束腿装，哪怕正处于爱美的青春期，也毫无打扮自己的余裕。日本政府不断加强对国民的思想控制，宣扬战争的正义性，征招在校的学生们走上战场。进入高中的则子也受到了军国主义思想的洗脑，在学校被选为中队长，负责呼喊口令指挥全校四百多名学生列队训练。大抵是处于变声时期，长时间的呼号给嗓子造成了负担，声音也因此变得低沉沙哑，受到声乐老师半带轻蔑的怜悯，此事也成为她持续半生的自卑之源。

太平洋战争期间，则子在父亲的决定下进入大学的医药学专业，化学成绩却并不好，一度因绝望而想要退学，但在父亲的鼓励下还是坚持了下去。然而随着战争的白热化，学校开始停课，女学生们也因动员令被调至工厂生产物资。战败的那个夏天，则子正在位于东京世田谷区上马的一家海军医疗品工厂没日没夜地工作：装药瓶、查库存、挖防空洞等。每当空中有战机袭来，防空警报拉响，学生们便戴着保护头部的防空棉头巾钻入防空洞，即便深夜也不例外。那时的她和同时代的年轻人一样，相信所谓的国家大义，不惜为此付出生命，但另一方面，她心底某处也产生了否定与质疑：若真的因落下的炸弹而死，这种死法与虫豸无异，不能算是作为人的真正的死亡。

1945 年 8 月 15 日，日本宣布无条件投降，天皇模糊不清的“玉音放送”[1]通过无线电进入千家万户日本百姓的耳中，前一刻或许还准备“玉碎”以成“大义”的

1　玉音放送：1945 年 8 月 15 日，昭和天皇亲自通过广播向全日本人民宣布战争结束的诏书。这也是日本国民第一次听到天皇本人的声音。

战士与民众就这样茫然地迎来了战争的失败。终战后，则子也随返乡的学生潮乘车回到家乡，休息数月，于同年秋季再次上京。

彼时映入眼中的东京满是断壁残垣，大片城镇因空袭而化作焦土，街角四处可见复员兵与流浪者。由于物资紧缺，很多人为了吃上一口饭、穿上一件衣而会集在黑市，有乐町与新桥站的铁路桥下则站满打扮花哨的娼家。社会面貌转变的同时，曾经叫嚣“鬼畜英美”的日本摇身一变，成为讴歌民主主义的国家，许多人也在战后的困惑中浑浑噩噩地接受了这种突如其来的转向。

1946 年大学复课，则子提前毕业并拿到了学校颁发的药剂师资格证，但她自认差生，并以战时一味逃亡的生涯为耻，在后来的人生中从未使用这个资格证。其间，她出于兴趣开始创作戏剧与童话，但也渐渐不再满足于缺乏诗性的戏剧表现形式。

1949 年，23 岁的宫崎则子与通过母亲、外祖母方面介绍而相识的医生三浦安信步入婚姻，更名为三浦则子，离开娘家与丈夫迁至埼玉县所泽市居住，次年开始向《诗学》杂志的“诗歌研究会”栏目投稿，并首次使用了茨木则子的笔名。“茨木”来源于歌舞伎《茨木》这一曲目，只因在她考虑笔名的时候收音机里正好放到这首曲子，于是被她信手拈来作了笔名姓氏。通过“诗歌研究会”，则子认识了同为投稿者的川崎洋，并在他的邀请下共同创立了诗歌同人志[1]《棹》。后来，谷川俊太郎、吉野弘、大冈信、水尾比吕志、岸田衿子、中江俊夫等人也先后加入该团体。

20世纪50年代正是日本现代诗的黄金时代，社会处于混乱的转变期，诗人们挣脱了皇国观念与军国主义思想的束缚，怀抱战争中经历的或大或小的创伤开始开拓崭新的时代。当时诞生的诗歌同人志有很多，例如战后复活、新旧诗人掺杂的《历程》，鲇川信夫、吉本隆明等人主导的现实主义色彩浓厚的《荒地》，关根弘、长谷川龙生等人聚集的社会派《列岛》等。与其他诗歌同人志偏向思想性、政治性的特点相比，川崎洋与茨木则子创立的《棹》是一个相对轻快、重视成员们各自性格与感性的团体；聚在一起时并不太常讨论与诗有关的事，而是作为普通的生活者直抒胸臆。

1955年，茨木则子出版了第一部诗集《对话》，首印四百本，销量低迷，出版该诗集的新社“不知火社”也很快倒闭。本书中收录的第一首诗《灵魂》也是《对话》这部诗集中的第一首。如果说处女作能反应出一个创作者日后写作的方向与主题，这首《灵魂》多多少少也展现出茨木则子诗歌的“对话性”——与自己对话的同时，将结果强烈作用于读者。她的作品大都语言质朴，较少使用艰涩的修辞，常用对话体或口语体，拉近与读者间的距离，但也有虚实相生、不易理解和把握的部分；

1　同人志：同好之士共同出资制作的文学、评论类同人杂志的简称。这类文艺界的同人杂志对日本近代文学的发展有较大的推动作用，但随着出版产业的发展与公开征稿类文学奖的出现，文艺类同人志的地位逐渐下降，参加人员也有日益减少和高龄化的趋势。

内容多取材于日常生活、文化历史以及战争时期的各种体验，在此基础上形成独具特色的诗风。

《对话》中收录的诗歌已能窥见茨木则子对战争经历的反思与批判，其中《根府川的海》与1958年出版的第二部诗集《看不见的邮递员》中的《在我曾经最美的时候》，都是她作品中具有代表性的反战诗歌；后者被选入日本高中教材，流传度很广，也曾被谱曲演唱，甚至有了英文版民谣 *When I was most beautiful*。

1965年出版的第三部诗集《镇魂歌》中的《花之名》《刘连仁的故事》，1971年出版的第四部诗集《人名诗集》中的《反复之歌》，1977年出版的第五部诗集《自己的感受力至少要》中的《树木的果实》《四海波静》，1982年出版的第六部诗集《寸志》中的《苦味》，1992年出版的第七部诗集《餐桌上流淌着咖啡香》中的《我要去趟总督府》，1999年出版的第八部诗集《不去倚靠》中的《乡村风的歌谣》等，也或多或少、或明或暗地参杂诗人对国家、社会的批判，对国民的警醒，乃至对被侵略国家人民的关心。

其间，战后的日本社会从物资紧缩的时代进入高速成长时期，人们的生活也由紧入松，欲望蓬勃、物资泛滥的消费时代来临。社会世相与国民精神状态的变化理所当然地进入了茨木则子的视线，《更加强烈地》《大国屋洋装店》《冻啤酒》《自己的感受力至少要》等作品便是其体现。

当然，茨木则子的诗歌并非皆是着眼于公众和社会，也有描写某种幽微情绪、讲述某个奇妙事件、怀念某个故去之人的轻灵柔软之作。例如《水之星》以宏大的地球也有寂寞的时候衬托人类寂寞的渺小与理所当然；《行踪不明的时间》里抛出能让人穿梭异世界的神奇之门；《访问》用拟人方式描写小精灵般涌入脑中的灵感；《夜晚的庭院》以桂花馥郁的香气唤回逝去丈夫的身影——这也是笔者很喜欢的一首，失去挚爱伴侣的沉痛化作妖冶的幻觉抚慰诗人，几乎将作者与读者一同吸入另一个世界中。

前面曾提到，茨木则子生前共出版了八部诗集，而在其逝后一年出版的第九部诗集《岁月》，是则子生前所写的关于丈夫的诗集。虽然则子的许多诗都表现出一种男性化的勇武气概与坚强力量，但现实中的她却是个话少、羞怯，带有一丝学生气息的人。在被长年交往的编辑兼友人问起为何不写关于丈夫的诗时，则子曾透露过第九部诗集的存在，但因为内容与过去所写截然不同，公开后会害羞，因此坚决不愿在世时发表。后来，她将誊抄后的稿纸装在一只标记着“Y”[1]的小盒子里，托付给侄子在自己去世后代为出版。

则子的同人好友、诗人谷川俊太郎认为，《岁月》是她所有诗集中最好的一部，摆脱了她从前面向公众、立场端正的印象，而呈现出她更加私人、感性，带有女性气质的柔软面，由此，茨木则子的整体像才得以形成。

丈夫安信在则子49岁时死于肝癌，两人一起生活

1　Y是茨木则子对丈夫三浦安信的简称。“安信”的首字母为Y。

了25年，虽未生育，但感情深厚无比。丈夫去世后，则子一度想过追随他而去，但又觉得自杀并不稳妥，于是继续活下来等待自然的死亡。为了转移悲伤与寂寞，次年她开始学习从前便产生兴趣的韩语，积极参加韩国老师金裕鸿举办的讲座，与之交流日韩之间的文化异同。此后还结识了韩国诗人洪允淑，二人年龄相近，彼此都在自己的国家接待过对方。本书中《那个人栖居的国度》便是则子赠给洪允淑的作品，洪允淑也写过一首关于则子的诗《世上残留的另一个故事》（日文译名：地上に残ったもう一つの話，小田仁作 译），两首诗应是唱和关系。

就这样，则子的韩语日益精进，1990年，64岁的她翻译出一本《韩国现代诗选》，这是韩国现代诗在日本的首次译介，于次年获得读卖文学奖的翻译奖项。此后她也依然继续着诗人与译者的双重身份。在诗集之外，茨木则子还写过许多随笔、诗人评传、诗歌赏析，出版过相关作品与访谈录、对谈集之类，加上诗歌选集、童话、戏剧等，著作颇丰。

丈夫去世后，则子便一直独自生活在东京。小侄子宫崎治一家长居东京，不时前去探望；幼时在老家医院工作过、被则子称为“三子”的女性友人也时常前来帮忙料理家事。除此之外，她偶尔会与交好的编辑、同人相约在熟悉的餐厅享受美食或相携出游。

随着年纪渐老，则子的身体也开始变得衰弱，但她向来不愿麻烦别人，哪怕身体疼痛也是一味忍耐，不肯轻易打扰家人朋友，最后因蛛网膜下腔出血没有得到及时处理，于2006年2月17日在家中孤独离世。享年79岁。为她料理后事的是侄子宫崎治夫妇，他们遵从则子的遗愿，没有举行公开的葬礼或追悼会，并在一个月后将则子生前留下的《告别信》印刷后分寄给则子生前的友人们。[1]

这个曾被很多人形容拥有宝冢男役般的高挑身材、举止端庄、爽朗正派的人，就这样化作青烟远去了。逝后一个半月，则子的骨灰被带回丈夫三浦家的菩提寺进行纳骨与供养。

虽然生前总是被称为“凛然的诗人”，但据宫崎治回忆，姨母晚年喜欢看电视剧，21世纪初韩流席卷亚洲之时，她也热心地收看了《冬日恋歌》《大长今》等韩剧，甚至迷上裴勇俊，购买了不少与他有关的周边产品。前面也曾提到的那个装有《岁月》手稿的写有“Y”字的盒子旁边，便是一个装满裴勇俊照片的盒子。这样一想，则子孤寂的晚年生活似乎也蒙上了一层少女心的粉红色。

熊韵

2019年末于成都

1 茨木则子生前留下的《告别信》里时间为空，遗书里也没有提到寄信给哪些人，寄多少；详细事宜都是由她侄子宫崎治的太太阿熏从则子的笔记本、电话簿等处寻得并做后续处理的。

编选者的话

天真烂漫

挑选茨木女士的诗并不困难。因为喜欢的作品与并非如此的作品在我心中已有定数。即便是世人评价甚高的作品，在我看来若算不上代表作，也会从选集中剔除；但对诗歌的好恶与批评分属不同的领域，故而其中也有我倾听其他读者的意见后重新选出的作品。

私以为，茨木女士作为诗人的事业，是以她去世后公开发表的《岁月》为契机完成的。此前的作品中虽也有不少秀逸之作，但那些毋宁说更多地依赖于读者的知性，在我看来，那些作品是茨木女士心底的散文精神借诗之形态孕育的产物。

《岁月》里收录的作品里则栖息着更鲜活的茨木女士。当投向天下与国家的视线转而倾注到所爱之人身上时，包含“小我”使茨木女士的“大我”[1]变得更加深刻与宏大。

因为彼此熟悉到了无话不谈的地步，偶尔我也会对

1 此处的“小我”对应日语中的“私”，既指自我、个人，也指私人意义上的事物；“大我”则对应日语中的“公”，既指普遍意义的世间、社会，也指与私人相对的公开事物。（若非特别注明，本书脚注皆为译注）

她说些不中听的话。像是那首有名的《在我曾经最美的时候》的第五、第六以及最终段落去掉更好，比起《不去倚靠》还是《青梅大道》写得更好之类，茨木女士总是一脸不满却真诚地倾听着。

那条青梅大道我曾无数次路过，从自家开车向西二十分钟左右去造访茨木之家。在那享受着“落伍”般的宁静室内，本该早已是老太太的茨木女士，却一如既往保持着天真烂漫。

谷川俊太郎

2013 年 12 月

灵 魂

你像埃及王妃一样
坚毅地
坐在洞窟深处

为了侍奉你
我不知疲倦地赶路

为了向你献媚
盗来各种浮夸饰品装点的供物

然而我却从未目睹
你那暗青色的瞳孔
湖水一样泛起涟漪
睡莲一般开出花朵

在刻有狮子头的
巨大椅子上落座
沾染了黑檀色的美丽肌肤哟
偶尔我举起烛火
在你膝下跪拜

胸前饰品放出天狼星的光芒

　　　　放出天狼星的光芒

你却从未抬起眼眸

发狂似的虚无问答与

形而上的流浪再次启动

极少数时候

我取过手镜

将你凄惨的奴隶捕捉

至今仍未能活出“自我”[1]的

这个国家的年轻人的一张脸

在那里

含火封冻着

1　此处的“自我”原文为“私”，与谷川俊太郎在前言中提到的“小我”一样，都是指私人意义上的“我”。茨木则子年轻时正值战时，年轻人主动或被动地投入战争，无法肆意为自己而活，故有此句。

根府川的海

根府川
东海道的小车站
红色美人蕉盛开的车站

营养充足的
硕大花朵对面
蔚蓝的大海总是无限延伸着

曾几何时　与友人途经此处
听着她谈论与中尉的恋爱

把四溢的青春
塞进背包
也曾任动员令
在口袋中起伏

抛下熊熊燃烧的东京
回到橘子花纯白的故乡
终于到达时
你也在那儿

高大的美人蕉花朵呀

平静的相模之海呀

洋面上闪光的一片浪花

啊　多像那曾经的辉煌

十多岁的年月

气球般消失了

无知纯粹且徒劳的岁月

失去的那唯一一个海盗箱

纤瘦

苍白

心怀国家

眉毛上扬

身穿蓝色工作服的那个小小的我

根府川的海啊

你可曾把我忘怀?

身为女人的年龄渐长

再一次我经过这里

时隔八年

唯有无畏之心日益茁壮

大海啊

像你一样

眺望着错误的方向……。

对 话

伫立在橘子树下

白色的花朵气味浓烈
狮子座的一等星[1]剧烈闪烁
像冷淡的年轻人那样呼应着

我看到了天与地不可思议的意志交欢！
火花迸溅的战栗之美！

被众人排斥的少女将防空头巾
裹在头上　邻村的警报
仍在轰鸣

那般深沉的妒忌此后不会再来
对话的习性划破了那片夜空

1　一等星：天文学术语。古希腊天文学家喜帕恰斯将肉眼可见的恒星以按明亮度分成六个等级，其中最亮的是一等星，最暗的是六等星。现代视星等体系已有延展和调整。

秘密地

节分[1]的豆子
在以前
要一直撒到密林中去

巨涛
无人能望尽

行经沙漠的是沙漠
搂抱苏门答腊女人的是腰间的果实
对印度尼西亚的痉挛[2]不得而知

行经杨柳巷陌的是飘飞的柳絮
对苦力瞳孔的颜色不得而知

大家都泡软发胀地回来了
唰唰地被扫帚清理

1 节分：指季节转换的日子，包括立春、立夏、立秋、立冬，但一般特指立春。人们将立春这天作为一年之始，并在这日里撒豆驱鬼。

2 太平洋战争爆发后，日本开始入侵东南亚，1942年，侵占了包括苏门答腊岛在内的东印度群岛的多个岛屿。

却连一粒埃德加・斯诺[1]也未掺杂其中

让柏木般的年轻人在旷野里长眠
把柔韧的阿喀琉斯[2]之踵拴在海底
挥霍海量的死亡宝石
最终
连那永恒的一片都无法掠取的民族哟

糊涂的人们聚集在一起
想入睡却啜饮咖啡
扛起锄头
连一只鸽子也不要放走
向寒碜的魔术师一行
随意投掷些花朵

在久远以前
莎草纸上流传下来的

---

1 埃德加・斯诺（Edgar Snow，1905—1972）：美国著名记者。1928年，为撰写游记开始环游世界，同年夏抵达中国上海，此后驻留中国13年，其间任欧美媒体驻华记者、通讯员，撰写了大量关于中国的报道，并先后写成了《远东战线》（*Far Eastern Front*）、《红星照耀中国》（*Red Star Over China*）等著作。斯诺爱好和平，因反感日本对华的侵略行径而参与中国的抗日战争，并与宋庆龄、周恩来、毛泽东等人有过政治交往。此处用他的名字应该是代指和平主义思想，这一段则是形容战死的日本军人们的尸体被运送回国，战争的情绪却仍未消退。

2 阿喀琉斯（Achilles）：荷马史诗《伊利亚特》中的半神英雄，是海洋女神与人类勇士之子。阿喀琉斯之踵，即形容唯一的弱点或致命要害。

宏大史书上
再追加一个叠句
只加一个老套的叠句?

用葡萄酒的宁静

深夜

将我的耳根晕染
这炽热之物是什么!

武者修行

乱云飞舞
乌黑的风　哗哗作响的旷野
野分[1]已经过去几日了吗……
又到了时兴武者修行的季节
怀抱锤炼后的宝刀
假寐中无根草的泛滥

曾经先祖们为出仕而流浪
我们如今，舍弃一切君主踏上旅途
人与人之间的夹缝是
千仞之谷
若能忍受令人目眩的寂寥
与无边的天空交锋
昏昏暗暗的火花四溅
几欲燃尽　却未燃尽
如火石迸出的火星

深夜
爬上小丘

1　野分：指一年中第210日、220日前后出现的暴风，抑或从秋过渡至冬时所刮的强风。

举起小手遮挡

还能看到无数他们的闪光[1]

冰冷的

焦灼的

如不祥的阵痛般抽搐

烽火

在彼岸燃起　消失

暗语尚未解开时

彼岸烽火燃起　消失

狂鸟坠落!

沼泽保持着激烈的平静

初次诞生在这座岛上的深海小鱼们!

要自行在五官内放入灯火

拒绝野火之梦!

1　此处应是指鬼火，“他们”则是在战场阵亡的士兵们。

从内部腐烂的桃子

须忍受单调的生活
檐下水滴般单调的……

须对恋人们的亲吻
小心呵护直至成熟
像对终身吃不腻的
南国美味水果那般

以秃鹰的斗志挑战无形之物
虽然每每摔得狼狈坐地

人们
不能弄湿愤怒的火药
为了真正以己之名奋起之日的到来

人们不得不偷盗
那恒星与恒星之间友情闪耀的诀窍

人们不能不探索

像山师[1]那般　执拗

将“被埋没的事物”

将专为某一人所准备的

“生的意义”掘出

这其中或许

也包含了令人胆颤的事物吧

远甚于举起酩酊之枪！

再也无法忍耐的人会攫取

像攫取假币那样

攫取徒然流通的事物

总是从内部开始腐烂的桃子，和平

随着日益丧失资格

日益落伍的恶作剧

世界

无尽地暴露于毁灭的梦中。

1　山师：日语中有采矿、伐木等靠山吃饭者之义，也引申为投机冒险者或骗子，此处取本义。

孩子们

孩子们眼中的事物总是断片
仅靠自身无法表达任何意义的断片
即使被看到
大人们也很安心
什么也弄不懂嘛　仅靠那些

然而
跟那些断片与断片的邂逅
精彩而新鲜
孩子们会将之长久封存在记忆中
愉快的事物　惊诧的事物
神秘的事物　丑陋的事物

当青春如暴风雨袭来时
孩子们虽被撂倒
却出人意料地开始纺织所有的记忆
他们织起了属于自己的哥白林织锦[1]

到那时

1　哥白林织锦：15世纪由法国人哥白林（Jean Gobelin）发明的双面织锦，可用多种色彩的丝线织出人物、风景等图案，成品可作挂毯。

父母　教师和祖国等等

若是被丑化描摹成

海蛇或毒草　坏掉的甕　扭曲的脸等形象

那该是多么令人悲伤的事啊

对大人而言

千万不能疏忽大意的

是在你四周跑来跑去的孩子们

是眼下只把糕点视为最大目标的

这群小松鼠们

某一日的诗

在车站的长椅上坐下
于小城市的　黄昏时分

胡萝卜、罐头和芹菜很重
把购物篮拉向身边
眺望过往的行人

像拢住萤火虫般拢住悲哀急行于归家途中的老人

饭菜腐坏的便当盒喀嗒喀嗒直响
拎着它跳进电车里的年轻丈夫

刚刚剪下的大丽花　邮局的小姑娘

一个劲儿凑向工学书的近视眼学生
对他来说噪音也是蝉时雨[1]
恍如置身于户隐[2]僧坊的　静寂

1　蝉时雨：日本夏季蝉鸣凶猛，如同大雨倾盆，故名“蝉时雨”。此词也是日本夏季风物诗的代表之一。

2　户隐：地名，位于长野县北部的户隐山山麓。传说中天手力男神扔出的天岩户就掉落于此处。

身穿浴衣

吵吵闹闹拥向七夕笹之町[1]的黑人

啊山贼也来了!

那是眼神机敏似能抢走一切

脚踏磨秃旧木屐的主妇呀

人生的断面大大裂开一道口

我意想不到地窥见了些

珍珠般散发出微弱光芒的事物

那些留存心底之人的肩膀

我无法伸手轻拍

像质朴的山男[2]那样……

无法让爱像山泉水般

淡淡流淌的悔恨

使我面向夜晚的书桌

准备给素不相识的人

写一封

---

1 笹:竹枝;町:街道或城镇。日本的七夕节有在小型竹枝上悬挂写有愿望的五彩纸片的习俗,城镇里的部分街区也会用彩灯、竹条等装点一新。此处的笹之町应该是指装饰有竹枝的街区。

2 山男:既可以指在山间生活与劳作的男子,又可以指日本民间传说里出现在深山中的怪物;后者会对进山劳作或路过山中的人恶作剧,有的无伤大雅,有的则会害人性命。

温柔的信

钢笔

不知何时

孕育出了冷酷的词句。

更加强烈地

更加强烈地许愿就好
说我们想吃明石的鲷鱼[1]

更加强烈地许愿就好
说我们想在餐桌上
常备好几种果酱

更加强烈地许愿就好
说我们想拥有朝阳映照的
明亮厨房

磨损的鞋子就爽快地扔掉
说想常常感受
新鞋摸上去呲溜响的触感

秋天　若有人出门旅行
赠上秋波送别他们就好

为什么啊

---

1 明石：位于日本兵库县南部，临明石海峡。鲷鱼是该地特产。

萎缩的是生活吧
如此认定的农村与城市
家家户户的房檐像视线朝上的眼睑

喂——年轻的钟表屋老板
伸直你弯曲的背脊　大声叫喊就好
说今年终究也没吃上土用[1]的鳗鱼

喂——年轻的钓具店老板
你大声叫喊就好
说我至今连伊势的海都不曾见过

想要女人去抢来就好
想要男人去抢来就好

啊　若我们
不变得更贪婪一些
任何机遇都不会来临。

1　土用：指每年立春、立夏、立秋、立冬之前的18天。夏季炎热，人的食欲连同身体机能下降，日本人认为此时吃鳗鱼有助于体力的恢复。日本最早的和歌集《万叶集》中便录有相关和歌："石麻呂に吾れもの申す夏痩せによしといふものぞむなぎとり召せ"，作者是大伴家持，和歌内容则是告诉一个叫石麻吕的人，吃鳗鱼可抑制夏瘦。

做好准备

"从前的人与人之间
 曾经流淌着一种温暖的共鸣"
略微上了些年纪的无情人士在说话

是啊
确实是在地下壕沟里
跟不认识的人们分吃过
苦涩的面包
黏乎乎地
抓过随便哪个人的手
在猛烈的炮火下四处逃窜

弱者的共鸣
蛆虫的共鸣
连结着杀戮的共鸣
我们是
断然不会怀念的吧

若要把寂寞的季节
不结果的时间
断断续续的时代

视为我们的时代

我便要在它额上　留下爱的亲吻

正因不毛才要为了丰饶而种下“什么”

那是经受过激烈试验的“什么”啊

如同修缮野分过后的狼藉

如同绕着果树转圈

如同在地里深深挖掘

我们要做好准备

忍耐遥远路途上的耽误　和长久的停滞

召唤被遗忘的人

被遗忘的书本

被遗忘的痛苦们

默默地干许多事情

在我们所有人都死去之后

即便醒来的人与人之间美丽的共鸣

开出气味浓烈的花朵

即便我们的皮肤已经

再也无法感受它的存在

又或是这样的事物

最终无法诞生　即便如此

我们也不会让准备工作

停下来吧

为了真正的　死与

　　　　　　生之间的

　　　　　　共鸣。

看不见的邮递员

I

三月　桃花绽放

五月　藤花一齐烂漫

九月　葡萄架上葡萄沉沉

十一月　青色柑橘开始成熟

地面之下有稍显笨拙的邮递员

帽子朝后戴着正在踩踏板吧

他们在传达　易逝的季节之心

从树根到树根

给全世界的桃树　给全世界的柠檬树

给一切植物带去

大量的书信　大量的指令

他们也会张皇失措　尤其在春季与秋季

豌豆花开的时节和

橡子果实落地的时节在

南与北之间各有些许误差

肯定也是因为这个

秋意渐浓的早晨

如果去揪无花果

会有被资深邮递员训斥的

笨手笨脚的打工仔们的气息[1]传来

Ⅱ

三月　切好女儿节米花糖[2]

五月　劳动节之歌在小巷里流淌

九月　斜视着稻子与台风

十一月　许多男孩与许多女孩交杯饮酒[3]

地面之上也有国籍不明的邮局

看不见的邮递员正规矩地奔跑着

他们在传达　易逝的时代之心

给人们

1　无花果有夏果、秋果之分，秋果成熟的季节是八月到十月。根据上下文可知，无花果在“秋意渐浓”时节成熟是“打工仔”邮递员们张皇失措间导致的误差。

2　日文写作“雛霰”，是一种在三月三日女儿节（桃の節句）作为供品的油炸和菓子。将粳米饭与豆子炒后加砂糖或其他调料制成。通常被染成白色（象征雪）、绿色（象征树木嫩芽）、桃色（象征生命），不同地区有不同的形状和味道。

3　指结为夫妇。

为全世界的窗　为全世界的门
为所有民族的日与夜带去
大量的暗示　大量的警告
他们也会张皇失措　在战争后的废墟里

文艺复兴的开花时间与
革命果实的成熟时间在
南与北之间各有些许误差
肯定也是因为这个

迎来未知之年的早上
静静合上眼睑
也有以虚无为肥料的人类之花
即将盛放

关于敌人

我的敌人在哪里?

你的敌人是那个
你的敌人是那个[1]
你的敌人毫无疑问是这个
我们所有人的敌人也就是你的敌人

啊　那答案的爽快与　明晰

你还不明白吗
你还不是真正的生活者
你那视若无睹的口气哟

或许敌人又是这样的……

敌人不再是过去那种穿盔戴甲
突然骑马跳出来的士兵
如今的敌人是用计算尺、高等数学、数据

1　前后两句中的“那个”分别对应日文中的“それ”“あれ”，前者指距离较近的“那个”，后者指距离较远的“那个”。中文中难以从字面区分距离，故以注表明。

计算出来的事物

不过那样的敌人似乎

无法使我振奋

牵制住了又变成区区诱饵

或是战友……那种担心

懒惰的家伙

懒惰的家伙

懒惰的家伙

你一生都不会遇上敌人

你一生都不算是活着

不　我寻找着　我的敌人

敌人不是用来寻找的

是咄咄逼人围住我们的事物

不　我等待着　我的敌人

敌人不是用来等待的

是日复一日侵略我们的事物

不　一定会有邂逅的瞬间！

我的指甲、牙齿、耳朵、手脚、头发都竖立起来

可以大声喊道：敌人！

可以大声喊道：我的敌人！

这样的相逢　一定存在着

熠熠发光的钻石般的日子

短短生涯
很短很短的生涯
六十年或七十年的

百姓能种多少庄稼呢
厨师能烤多少面包呢
教师能把同样的话说多少遍呢

孩子们为了成为地球居民
被塞入了许许多多
语法与算数以及鱼类生态知识等

其后是品种的改良
与荒谬权力的斗争
攻击不公的审判
让人想哭的杂务
为愚蠢的战争收拾残局
还有研究与精进以及结婚之类
一旦小婴儿出生
又会不时思考　想成为不一样的自己
而欲望早已成为奢侈品

辞世之日到来时

人们回顾一生

会为自己真正活过的日子

如此稀少而感到惊诧吧

唯有屈指计算

那些日子里有一天

也掺杂了与恋人最初对视时

迸发的敏锐闪光吧

“真正活过的日子”确实

因人而异

熠熠发光的钻石般的日子

或是枪决的早晨

或是工作室的夜晚

或是果树园的正午

或是天未明时组成的紧密队伍

顽童们

春假[1]期间的顽童们

无所事事地

朝我家的院墙上扔石头

石头

穿过古旧的院墙命中了玻璃窗

想来

这是他们为了看我哇哇大叫着跑出来的样子

而搞的恶作剧

樱花树下的侦察员小鬼

拔腿就跑的时候被我发现了

如果是偷花贼或偷果子之类就很可爱啊　然而并非如此

某一天

我终于抓住了这个三人团伙

　　报上你们的学校名字！　几年级？

　　是谁干的？

　　你们的家　在哪儿？

　　有些事我必须要告诉

1　日本学校的学年与中国不同，是从当年4月开始，至次年3月结束。其间除去国民休息日（黄金周等），有暑假（夏休み）、寒假（冬休み）、春假（春休み）三个长假；春假是指从本学年末到第二个学年初之间的假期。但因各年级情况不同，毕业生或大学生的春假可能从一月下旬或二月上旬就开始了。

你们的妈妈！

一伙人顽固地不开口

庇护着逃跑的主谋

他们也有他们的行事准则

沉默如抵抗运动的同伴般滴水不漏

当他们无所畏惧地笑着看我吼叫时

我产生了严刑拷问

直至他们吐出真相为止的冲动

阿尔及利亚！

腐臭乘着暖风飘来

我在青春岁月里歌颂过的法兰西之魂[1]

不过十多年便已锈迹斑斑了吗！

猛然咽下

“我要叫警察了”这句话

为了修好被打碎的窗户

我红着脸折返回家

1 19世纪中叶，阿尔及利亚被法国占领，成为其殖民地；“二战”结束后，法国背弃了曾对阿尔及利亚人许下的同意其独立的承诺，继续压榨当地百姓。此举间接推动了后来阿尔及利亚的民族解放运动。至1962年，法国政府被迫承认阿尔及利亚的独立。由于作者的青春时代正值日本军国主义高涨，对中国等亚洲国家进行疯狂侵略的时期，她对此是持批判和反思态度的——详见《在我曾经最美的时候》一诗；故而，此处的“歌颂”与“法兰西之魂”是对自己心中生出“严刑拷问”之欲的一种反讽。

第二天改变了战法

在院墙被石头敲响的时刻

我摆出认真而温和的态度走出门去

　　你们　不要再这么干了哦

　　如果自家的院墙被人这样破坏

　　你们也会恼怒的吧

　　玻璃被打碎了真的很让人困扰啊

玻璃至此已不再是玻璃

而成了微妙可疑的人类权利本身的

颤抖

孩子们说　嗯

以温和的话语征服他人

是多么困难　多么累人的工作啊

顽童集团的参与者每天都不同

我不得不每天出门

抬起远视的眼镜

带着满身的肥皂泡

切菜时就那样提着刀

院墙另一边

黄昏

正落向蚊蝇般群聚着的孩子们所在的广场

六 月

美丽的村庄何处有
结束一天的工作后来一杯黑麦酒
锄头插在土里　篮子放在手边
无论男女皆举杯畅饮

美丽的城市何处有
熟透的果实挂满无限延伸的
行道树　紫罗兰色的晚霞里
充满年轻人温和的喧闹

人与人之间美丽的凝聚力何处有
相偕生活在同一个时代
熟悉、失常及由此而来的愤怒
化作锐力　涌现

在我曾经最美的时候

在我曾经最美的时候
街道房屋轰然崩落
从意想不到的地方
竟能窥见湛蓝的天空

在我曾经最美的时候
周遭人群大量死亡
在工厂　在大海　在无名的岛上
我失去了爱美的动机

在我曾经最美的时候
谁也不曾赠我温馨的礼物
男人们只知举手敬礼
仅留下一个清澈的眼神　便都出发上了战场

在我曾经最美的时候
我的脑中空空
我的心灵顽固
唯有手脚闪着棕色的光芒

在我曾经最美的时候

我的国家吃了败仗
多么愚蠢的事啊!
我挽起罩衫袖口大摇大摆走在屈辱的街道上

在我曾经最美的时候
收音机里播放着爵士乐
我像破戒吸烟时那样头晕目眩
贪婪地享用着异国甜美的音乐

在我曾经最美的时候
我无比不幸
我自相矛盾
我异常寂寞

所以我决定了　要尽可能活得长久
像上了年纪后才画出绝美画作的
法国的鲁奥[1]爷爷一样
　　　　好吗[2]

1　乔治·鲁奥(Georges Rouault，1871—1958)，法国画家、雕塑家。
2　原文为“ね”，放在句尾表示叮问、强调或征求对方意见。

小女孩所想之事

小女孩所想之事
别人家太太的肩膀上怎么会那么香呢
像桂花一样
像栀子一样
别人家太太的肩膀上笼罩着的
那层淡淡的雾霭状
是什么呢?
小女孩心想：我也想要那个
无论多漂亮的小女孩身上都没有的
超凡绝伦的某种东西

小女孩长大成人
当了妻子　做了母亲
某一天忽然意识到
别人家太太的肩膀上堆积的
那温柔之物只是
日复一日
为所爱之人累积的
　　疲劳而已

傻气的歌

在这条河畔跟你
喝过啤酒　所以这里成了我喜欢的店

那是七月一个迷人的夜晚
你坐过的椅子是那一个　但当时有三个人

几只小小的灯笼亮着　气氛朦胧
你随口说了些愉快的玩笑话

二人独处时你总是说教
从不做任何鲁莽之事

不过　我是明白的
你那深邃的目光

快到我的心里架一座桥
趁还没被人抢先的时候

我　会毫不犹豫地穿过它
迈向你所在的地方

这样一来就再也回不去了

要做成吊桥的样子

就像凡・高画中的

阿尔勒[1]朴素而明快的吊桥!

女孩子是必然要被诱惑的

而且须是被你这样的人

1 阿尔勒(Arles):位于法国南部罗讷河下游东岸,凡・高与高更曾旅居于此。凡・高也在阿尔勒迎来了艺术生涯的喷薄期。

初见的小镇

即将进入初见的小镇时
我的心隐隐雀跃
那里有荞麦面店
有寿司店
有悬挂的牛仔裤
有沙尘
有被丢弃的自行车
是个毫不起眼的小镇
即便如此　也足够令我雀跃

未见惯的山在向我逼近
未见惯的河在流淌着
一些传说正在沉睡
我很快就能寻到
那小镇的黑痣
那小镇的秘密
那小镇的悲鸣

即将进入初见的小镇时
我把手揣进口袋
像流浪汉一样行走

哪怕是因故而来呢

若是天气晴朗的日子
小镇上空
会有漂亮的浅色气球漂浮
虽然小镇里的居民们无法察觉
初次到来的我却看得很清楚
要问为什么　因为那是
生于斯　长于斯　却不幸
死在遥远之地的人们的
灵魂啊
慌慌张张飘过来的是
一个嫁到远方的女人
因着对家乡的无比眷恋
而回到这里玩一玩
仅剩魂魄　糊里糊涂地

就这样我喜欢上了
日本的小小城镇们
水流清澈的小镇　简陋的小镇
山药汁可口的小镇　顽固的小镇
大雪覆盖的小镇　菜花簇拥的小镇
横眉竖目的小镇　看得到海的小镇
男人们逞威风的小镇　女人们干劲十足的小镇

大学毕业的太太

大学毕业的小姐
嫁去了乡下的世家
因为大儿子太过可爱
最终放弃了留学考试
　　　　　　　嘀——嘀——[1]

大学毕业的太太
见识就像发光的不锈钢
一面给孩子换尿布
一面谈论热内[2]　给装盐的小瓶贴上学名
　　　　　　　　　　　　　嘀——嘀——

大学毕业的嫂嫂
正月里哭丧着脸
全村出动涌入自家　朱漆的膳桌
德利小酒壶[3]　温酒　鱼
　　　　　　　　嘀——嘀——

1　原文为“ピイピイ”，拟声词，多形容笛子的响声或小鸟的叫声，也可以形容生活拮据、用钱紧巴巴的样子。此处采取拟声的译法。

2　让·热内（Jean Genet，1910—1986）：法国诗人、小说家、剧作家。经萨特等人的发掘，自囹圄深陷踏入文学殿堂。

3　德利小酒壶：一种小型容器，瓶身粗壮，瓶颈窄小，瓶口宽大，多用来温酒、倒酒。

大学毕业的母亲

骑自行车穿过麦田

相当有威信了哟

当个村会议员如何　还不赖哦

嘀——嘀——

生气与原谅

一个女人
托着腮
吧嗒吧嗒抽着未抽惯的烟
一不小心就把嘀嗒嘀嗒垂落的泪水
像关水闸那样　扭得紧紧的
应该原谅男人　还是生他的气
就此一事反复思索着
院子里的玫瑰、烤苹果、收纳柜与烟灰缸
今早全都乱七八糟　像断线的项链似的
情绪爆发　并制裁他以后
却像山姥[1]一样凄凄惨惨地寂寞着
这次大概又会这样原谅他了吧
在自己的伤口涂上
大量自欺欺人的药
　　这绝不是出于经济问题

女人们长久长久地原谅着
因为原谅的次数太多
无论哪个国家的女人都只能生下

1　山姥：传说中住在深山里吃人的老太婆。

铅做的士兵了不是吗?

这时候难道不该

将男人的倔强狠狠打一顿

再围着亚马孙的篝火热闹一番吗?

虽说女人的温柔

长久以来都是世界的润滑油

但那究竟孕育出了什么呢?

一个女人

托着腮

吧嗒吧嗒抽着未抽惯的烟

在自己渺小的巢穴

与蜂巢般连缀着的世界之间

来来去去

同时　就抓不准

生气与原谅的时机一事

感到束手无策

把这些告诉我的

既不是通情达理的婶婶

也不是高深莫测的书本

或发霉的历史书籍

唯一知道的只是

必须靠自己去发现

这件事

花之名

“浜松[1] 非常进步哟”

“您的意思是？”

“都脱得一丝不挂了　浜松的脱衣舞娘　那当然很进步”

　原来如此还有这种用法啊　进步！

　头戴登山帽的男人十分爽朗

　说他那住在千住[2] 的侄子与女人同居了

　没办法只能过去帮他们搞个结婚仪式

“你是老师吗？”

“不是”

“那是画家？”

“不是

以前还被问过是不是女侦探

同样是在火车上”

“哈哈哈哈”

　我刚从葬礼上回来

　用柳木做的筷子夹起父亲的遗骨

　无常感仿佛十一月的风

　只想一路保持沉默

1　浜松：位于日本静冈县西部的市，也是东海道铁路干线的途径站。

2　千住：从东京都足立区南部至荒川区东部的地区。江户时代曾是奥州大道驿站街。

“今天就像战争时期那样拥挤呢
因为是赏花时令　你是哪年出生的?
诶——那和我同岁　真叫人高兴!
拉包尔[1]的幸存者哟　我是　简直说得上死里逃生呢
《再见了，拉包尔》这首歌　你知道吗?
是首好歌呀”

曾经的神勇男儿、英武女子[2]也
相当疲惫了
忽而凝视对方
在东海道干线上面对面热议吉凶
除此之外似乎也无事可做呀

“虽是为了娱乐却也杀气腾腾的呢
不过你看　樱花开得多么繁盛
跟大海的颜色很相称呀
我啊　一直都想记住各种花的名字呢
你知道吗?　就是那个
大大的白色花朵漫山开的……”
“味道很香　正好在这个季节开花的?”
“没错　给人非常豪华的感觉”

1　拉包尔（Rabaul）：位于西太平洋俾斯麦群岛中的新不列颠岛，是巴布亚新几内亚的一座港市，重要的海运和航空中心。“二战”时曾是美国与日本争夺的要地，一度为日军在西南太平洋的主要基地，1943年被美军突袭并孤立隔绝，但直到终战日军才投降。

2　可分别写作“益荒男”“益荒女”，类似汉语中的“壮士”“英雌”。此处含有对包括对方与自己在内，年轻时经历战争的日本人的复杂情绪。

“像印度的花那样的吗?”

“没错　没错”

“是广玉兰[1]吗?”

“啊——广玉兰……我一直以来

都想知道它的名字呢　汉字怎么写呢?

原来如此　让我记一下”

女性如果能知道许多花的名字

是很好的哟

父亲曾经的话语悠悠掠过脑海

自我懂事以来便多么恐惧

死别之日的到来啊

岁月仿佛是为了做好与你永别的准备

而被大半浪费

是个好男人啊　我的父亲

女儿献上的那朵花

是在你活着时想说

却未能说出口的话

当棺木四周再没有别人的时候

我悄悄走近　用脸颊碰触父亲的脸颊

不同于冰也不同于陶器

那奇异的冰凉

菜花田中央的火葬场升起一缕

1　日语中用汉字写作“泰山木”。

烤饼干似的黑色烟雾
家乡所在的海边小镇异常明亮
一切恍如童话一样
被鲨鱼咬断腿的
被农机具卷进手的
耳朵里进了牛虻而号啕大哭的小孩儿　交通事故
自杀未遂　肠扭转　破伤风　麻药小偷
你作为乡村外科医生
使出全力将袭击他人的死神
奋力推走　踢开
像头不分昼夜的精悍狮子
所以这突如其来
全无苦痛的安详之死
一定是谁赐予你的奖励不是吗
“今儿日子也吉利……作媒人什么的
真叫人不好意思啊　咦！　我的晨礼服上
行李怎么越堆越多　哎　算啦　不过
我可从没想过在东京长住呀
那根本不是人住的地方
不像在乡下只要拿出诚意　朋友就会
越来越多呢　我是做木材生意的
有三个孩子　你呢？”
父亲的葬礼上虽没有鸟兽到场

花瓣飘落却形成了小型涅槃图[1]

白痴阿素[2]来了　用她那转不清的舌头

再三述说

无人理睬的阿素

是父亲温和地为她诊疗

强烈冲刷我脸颊的温热的氯化钠水滴

农夫　木屐店老板　玩具店老板　蔬菜店老板

渔夫　乌冬店老板　烧瓦匠　勤杂人员

被喜欢却无名的人们包围着

化作一缕烟的送葬

阖上棺盖后才明白

没有味噌味才是好味噌[3]的佛教徒

吉良町[4]的契诃夫哟

永别了

“俗话说出门靠朋友　呀　托您的福

这一路上很开心　请多保重”

当登山帽男下车后完全消失在

东京站的月台上时　我突然“啊”地叫出声来

那个人所指的莫非是辛夷花吗

1　描绘释迦牟尼于娑罗双树下入灭之情景的画。

2　阿素，原文为“すーやん”，本名不明，是时常到作者父亲医院看病的低智商中年女患者。据相关人士回忆，在作者父亲的葬礼上，阿素也到场并哭号不已。

3　意似“大羹寡味”。

4　日本爱知县幡豆郡的城镇名。也是作者年幼时与家人一同居住的地方。

对啊　广玉兰是六月份开花

如今在开的只有辛夷花

啊——真是太心不在焉了

还是小女孩的时候就常被父亲训斥

“你是个傻瓜”

“你真缺心眼儿”

“你是个无可救药的傻瓜”

就像干脆在包里塞满消毒纱布那样一头

闯入社会后试了才发现　自己显然

并非那般痴傻　然而

你究竟在害怕些什么呢　父亲哟

话说回来今天确实是有点犯傻

那个头戴登山帽的战中派

究竟会在何时　何地　带着怎样的表情

发现自己

弄错了花的名字呢

女孩进行曲

我喜欢欺负男孩
最喜欢让男孩发出尖叫
今天也在学校打了二郎的脑袋
二郎啊地叫了一声　夹着尾巴逃跑了
　　　　二郎的脑袋是石头
　　　　我的便当盒都瘪了

爸爸说　当医生的爸爸说
女孩不能动粗
因为身体里有个重要的房间
要保持文静　要保持温柔
　　　　那个房间在哪儿
　　　　今晚去探险吧

奶奶生气了　梅干奶奶[1]说
不把鱼吃干净的孩子会被赶出门去
即使嫁人了也待不过三天就会被送回来
只留头和尾　其余部分必须吃干净
　　　　嫁人啥的我才不干呢

1　梅干奶奶：形容老人的脸上皱纹很多，像梅干一样。

鱼的尸骨不想看

面包店的叔叔大叫道

变强的是女人和袜子[1]　女人和袜子啊

夹着面包的太太们笑了

那当然啦　之所以这样是有原因的哟

我也要变强!

明天要把哪个小孩儿弄哭呢

1 “二战”结束后，在民主主义思潮的影响下，日本女性开始获得权利并进入社会；与此同时，由于技术的提高与材质的改良，日本的袜子也变得更加坚韧耐穿，因此，当时出现了一句俚语:“強くなったのは靴下(ストッキング)と女”,即“变得坚韧的是袜子(一说为长筒袜)和女人”。此处因为是小女孩视角,故“強くなった”采用直译,即“变强”。

鲷 鱼

在早春的海上

乘船出航

看到了鲷鱼

花光仅有的几个银钱

从房州[1]小小的河口湾出发

柑橘地也迎来了灿若烟霞的时节

只要把饵食撒入波涛

就会有鲷鱼　自蓝色的海底飞舞上来

展示它们的色彩

珊瑚色的闪光　踢走波浪

一匹又一匹地　拍打浪花

像猛然绽放的花火般　放出闪光

鱼族的队列

患有沙眼的老渔夫

敲着船舷呼唤鲷鱼

那营生虽也悲凉

但怠惰的鲷鱼们　那大而难看的体型

1　日本古代令制国安房国的别称，相当于现在千叶县的南部。

没有一丝在黑潮[1]中尽情游动

而锻炼出的美

虽如此　却不知为何令我大吃一惊

为什么不游离这里呢　去更远的地方

为什么不定好前进的道路呢　朝未知的方向

因为是伟大僧人[2]的诞生地

这里成了禁止捕鱼吃的禁渔地带

法悦[3]的河口湾

爱也会贩卖为奴隶准备的陷阱之类吗

大海的宽广

水平线的遥远

日常的思考这一天也在鸣响

爱也同样会不断贩卖为奴隶准备的陷阱之类

1　即日本暖流，北太平洋流速最强的海流。因水质较纯，透明度大，阳光几乎完全透射入海而少反射，故水色较深，被称为“黑潮”。

2　指日莲上人（1222—1282）。镰仓时期僧人，日莲宗创始人，出生于安房的滨海渔港镇小湊（今千叶县天津小湊町）。据说日莲出生时，小湊的海面聚满鲷鱼，此地由此也被称为“鲷鱼之浦”或“妙之浦”。

3　从佛教教义或信仰中获得的欢愉。也指因陷入某种状态而产生的恍惚感。

唱给大个子男人的摇篮曲[1]

晚安　大个子男人
夜里　会感到清爽畅快的
只有不同寻常的鸟儿
闭上眼　张开嘴
去探索吧　假死之路
连鸟类与树木也入眠的夜晚
唯有你睁大双眼
那窸窸窣窣的是什么呢

连心脏之泵都嘎吱作响的
这份忙碌里是哪里出了严重的差错
　　　　　　　　　　出了差错哟

哪怕咱们国家性质是后进国[2]
一味追赶也算不得本事
重要的东西极少
重要的东西极其少

1　这首诗写于日本经济高速成长初期，据茨木则子回忆，当时社会上掀起一股"美国化"的消费主义风潮，电器制品无休止地量产，粗制滥造的东西也混杂其中；废弃的电器、家具等由此激增，人心也变得浮躁不堪。她十分厌恶这种风气，写作时虽是无意识地，却在诗中反应了当时及其后的社会面貌。

2　与"先进国"相对，类似于"发展中国家"。

但这也并不是说你所做的东西
全都一无是处

睡吧　大个子男人
你走了很远
进入了又大又暗的森林
那里有冰凉的泉水
悄无声息地喷出耀眼之物
你从森林的泉水中
必须汲出恰好满满一碗清水
啊　不要问是为什么

晚安　大个子男人
必须汲出恰好满满一碗清水
否则你就会枯竭
睡吧　大个子男人
只要是两人可至之地
我都会随你同行

在书本之街
——致伊达得夫[1]氏

咯噔咯噔踏着有点脏的木屐
身穿和服下装阔步走过的明治时代的书生们
摆出摩登青年的模样
追着女孩子满街转悠的大正[2]的学生们
这些孩子们和他们的孙辈
至今依然络绎不绝　耀武扬威走过的街道
出了御茶水车站
飘散远方之人的乡愁
便浓郁地渗进石板路与花店的门口
在那浓稠之中　感到些许醉意
刚印刷好的新刊物
锐利得像是能割伤手指般摆放在各家店门前

1　伊达得夫（1920—1961）：日本出版人。出生于日据时期朝鲜半岛的釜山。从京都大学经济学部毕业后因学生动员令而奔赴中国内蒙古战场，"二战"结束后进入东京的前田出版社工作。曾出版原口统三的遗作诗集《二十岁的练习曲》（二十歳のエチュード），使其风靡一时。后创办"Eureka"书店、小型出版社及同名杂志，专注于国内外诗歌出版，向日本社会介绍了大量现代诗人，该杂志也成为日本战后诗歌的根据地。他去世后，杂志即停刊，直至1969年由青土社创始人清水康雄重办，刊行至今。如今的《*Eureka*》杂志以登载诗歌及诗论为中心，兼有现代思想和亚文化论。"Eureka"之名来源于阿基米德那句有名的"我发现了"。

2　即大正时期（1912—1926），介于明治与昭和之间，一般被认为是社会风气比较民主开放的时代。

因出版行业的高血压而畏畏缩缩的街道

学生时代买了《日本奴隶经济史》
经过坡道上的书店
在三省堂[1]背面转悠的时候
似乎总能找到那家小小的名为“Eureka”的出版社
Kitchen・Calorie
拥有欢乐名称的餐厅
褪色的菜单贴在墙壁上
廉价咖喱饭的价格寂寥地在风中飘扬
“一直出版诗歌杂志也让人厌倦了呢”
伊达得夫氏用低沉的声音说
认真地干下去
以“我发现了”为语源的“Eureka”才得以延绵持续
在卡斯巴[2]似的小巷一角
旧抹布般的木造房屋二楼
新鲜的诗集从那里诞生　凋零
　　　　果实的味道四处飘散
花哨的长围巾　缠绕在脖颈
上上下下往返于十三层台阶的急促楼梯

1　日本一家以辞书出版为主的老牌出版社，兼营书店。明治十四年（1881）由龟井忠一创建。店址在东京都千代田区神田神保町，由此可知这首诗所说的“书本之街”为神保町一带。

2　卡斯巴（Casbah）：阿拉伯语中的“城塞”，残存于北非、西班牙等地，尤以阿尔及利亚的卡斯巴最有代表性。广义的卡斯巴不止指城塞，还包括周边城墙包围的街市，即城郭城市全体。

长发　瘦削　生活不如意的伊达先生啊！

你如今　又在何处呢
吹拂你头发的风　如今是什么温度呢
拈起一丝发梢咬一咬
黑色贝雷帽虽然残存着
明灭于其下那股奢侈的精神却已消失了
走在书本之街时
我一定会看到
你那鲜明的身影　突然出现在某个街角吧
白天尚在昏暗咖啡店的红砖一隅
自身的死不过是消失！
然而　思索亲近之人
死后世界的心与
赤脚揉捏陶壶的古代女人们
的稚拙不无两样　只会漂流逝去

六月的夜晚
书还翻着　却终于再也回不去
自己书房的女孩[1]

1　指后文原注中的桦美智子（1937—1960），昭和时代的学生运动家。东大学生，后加入“共产主义者同盟”，并以文学部学友会副委员长的身份参与安保斗争。1960年6月15日，因参加日本全学连主流派发起的国会校内抗议集会而与警察发生冲突，被棍棒殴打致死。其年22岁。

那个身穿奶油色毛衣的少女[1]　你已见过她了吗[2]

在你们的世界里也有

“国王的耳朵”一栏[3]存在的必要吗

又名“听问僧”的你

诸多人的叹息与秘密　商谈之事

会在封存它们的箱子里

发出怎样的嘈杂声呢

无论打电话到哪里　也再听不见你的声音

忧郁

温柔

仿佛难以捉摸的声音

与你交好的人们　因此

将打火机咔嚓咔嚓弄响

把寂寞的脸凑在一起

关于一个男人的魅力

及其缘由

与难解之谜

八岐大蛇[4]般的饮酒诗人大叫道

“无论投入多少资金

　像伊达得夫那样的出版人再也

1　指桦美智子。(原注)

2　伊达得夫死于1961年1月16日,时间上与桦美智子相近,故有此语。

3　指报刊杂志上的读者栏。

4　日本记纪神话里的大蛇，长有八头八尾，为害一方，后被素戋鸣尊制服。

无法复制　绝对无法复制！”

你笑了呢　这一刻

请尽情地说吧

时间日复一日地过去之后又会有数千个日子流逝

就用你那亲切熟悉的声音

像催促交稿时来访那般

写好了吗

啊　多谢

哈哈哈　挽歌吗

倒也不错

我收下了

七 夕

夜深了

远处栎木林的下面

小小灯火的闪烁

犹如安达原的居所[1]那样充满魅惑

残留武藏野之名的茫茫原野路[2]

这附近尚能看见许多星星

银河泛起涟漪

岸边的织女星与牛郎星

今夜不知为何深深屏住了呼吸

“你们俩！ 是跟踪我到此地的吗？”

忽然从草丛里蹿出的红铜色裸身者威吓道

烧酒的气味扑鼻而来

我瞬间拉开迎战的架势

瞬间拉开迎战架势是个极坏的习惯

---

1 安达原（安達ヶ原）：指福岛县二本松市的阿武隈川东岸或安达太良山东麓。自古以来有着吃人鬼婆栖居此处的传说。平安后期编撰的《拾遗和歌集》中收录了平兼盛提及该传说的和歌。谣曲《安达原》也是以此为基础创作的（观世流之外的流派则称为《黑冢》）。此处的居所自然就是传说里安达原鬼婆的住处。

2 武藏野：位于东京都中北部，其地属日本古代令制国武藏国而得名，被认为是历史悠久的风景胜地，近代曾有国木田独步的著名散文《武藏野》对此地的原野小路等风景大加褒扬。

“今晚不是七夕嘛

所以我们就来看星星啦”

丈夫的声音非常悠闲地融入夜色

“QIXI[1]？

七夕……啊是这样啊

我还以为　你们是跟踪我到这儿来的呢……

这真是……失礼了”

他是有魔法的“奇奥之家”的居民

不知已经住了多少世代

出入于破屋的人们

总是谜一般无法计数

曾有一个吊眼角的可爱少年

不知何时也变成中学生的模样出现

连狗也像是不让人靠近似的凶猛吠叫

朝鲜话的热烈争吵总是发生在

闷热盛夏的丑时三刻[2]

悬崖边有一间屋子孤零零地站立着

我们竟来到了那屋子周边

1　此处在原文中以片假名“タナバタ（七夕）”出现，表明说话者正在犹疑地确认对方所说的词是什么，因此译文以拼音标记。

2　相当于凌晨1点45分左右。

这傍晚落下的雨水或许是牛郎星迅速划桨时溅起的飞沫

出现于公元前并渐渐具备形态的
汉民族那美丽的故事
曾经受到万叶人[1]喜爱的素材
说来也是经由高句丽、百济
遥遥传来的不是吗
文字　织物　铁　皮革　陶器
马匹饲养　绘画　纸　制酒
裁缝　铁匠　学者的奴隶
有那么多东西是从那里传来的啊
古代恩师的后裔们
遍布四处　如今被人们不动声色地敬而远之
甚至担忧　是否会有傍晚乘凉之人尾随而至

只因一句七夕便瞬间丧失斗志
转身归去的短衬裤先生
我的心不知为何充满悲伤
这之后　仰望冰凉的银河时
也一定会萦绕不绝吧
那忽然出现的
通体散发的强烈烧酒味

1　日本现存最古老的和歌集《万叶集》诞生的时代是奈良末期，万叶人则相当于奈良时期及更早以前的古代日本人。

刘连仁的故事

刘连仁　中国人
有件后悔的事
在赶往熟人家的途中
被日军抓走了
那是在山东省一个名为草泊的村子里
昭和十九年　九月　某个早上发生的事

刘连仁被抓了
堂堂六尺男子汉
如果给他一把锄头　他便是这一带最好的农民
连他也毫无抵抗之力地被抓了
山东省的男人们哪怕受到严酷的使唤也能忍耐坚持
他们全然不知　这附近一带
已成为实施“华人劳工引进方针”的
日军狩猎场

只要是能抓到的　连蝗虫也不放过
一路上不停抓人　一个挨一个绑在一起
到达高密县时已超过八十人
其中也有些彼此熟识的农民
手被捆着

阴沉着脸凑在一起

“据说是为了修飞机场来抓人”

“还说一两个月之后会放我们回家”

“听说是在青岛”

“青岛？”

“难以置信”

“怎么可能相信”

怀疑的声音像波纹般扩散

关于被带走后再也没回来的人们的传言

混杂在终于变得盛大的虫鸣里

悄悄被议论着

刘连仁很难受

新婚不久的年轻妻子　未经世故还留着额发的妻子

正怀着七个月身孕

赵玉兰　难道没有什么方法能通知你吗

哪怕只有一个月　两个月　如果我不在

家里的地会变成什么样呢

母亲与还年幼的五个弟弟怎么办

刚收完麦子的一反二畝[1]地谁来打理

---

1 “反”与“畝”皆为日本土地面积单位。一反为 300 坪，约合 9.9174 公亩，一公亩为 100 平方米。一畝为一反的十分之一，约合 0.991 公亩。一反二畝约合 12 公亩。

途径村庄　途径城镇
窗户紧闭　大门紧锁　仿佛人迹断绝一般
好些村庄　好些城镇　连猫崽子都看不到一只
从门户间窥视　瑟瑟发抖的人们
如果认识我的脸就请代为转告
说我落入陷阱被带走了
告诉我的妻子赵玉兰　告诉赵玉兰

一个带着贿赂金赎人的女人来了
赵玉兰没来
一个塞了些钱给看门的傀儡兵
把儿子赎走的老太太来了
赵玉兰还是没有来
还有个一路追过来　却没钱赎人
只能目送丈夫慢慢走远的妻子
血色太阳下沉
石像般伫立的女人的视野里
八百个男人消失了

一行八百个男人
被驱赶到青岛的大港埠头
在暗无天日的货船底下
刘连仁被迫脱下黑色的棉袄
换上了军装

在持枪佩剑者的监视下被迫按了指纹
那意味着与劳工协会签订了干活的契约
事实上则是成了终身奴隶
就这样　到达门司[1]时　身份已成俘虏

六天的船上生活
唯一一个蒸馒头也被泪水泡得不能吃了
那天早上……
轻轻捏着红薯
一路上边走边吃
如果在家慢慢吃完早饭
再出发的话　是否就能躲过恶魔的抓捕了呢
啊　妻子为我缝制的黑棉袄
上面还没有领子呢
我说不想穿
她说这么冷还是先穿着吧
那孩子气的争吵如果时间再长一些
就不会被抓走了吧　没法子
我真是个运气差的男人啊……
倚在船底煤炭堆成的小山上
八百个男人像家畜般跨越了玄海滩[2]

1　门司：日本福冈县北九州市东部的港口，临关门海峡，与本州岛的下关遥遥相望。

2　指玄界滩，日本九州西北部海域。

从门司出发时只剩被进一步挑选过的　两百个男人
坐了两天火车
接着又是四小时船行
最后到达的地方是个名叫函馆[1]的城市
又或是叫馆函呢?
日本的城里　人们也衣衫褴褛
背着比身体还大的重物
蚂蚁般伸长脖颈的难民群体　群体
刘连仁们却是比他们更凄惨的亡者
在铁路工作的人们屡屡见到这群异样之人
并给他们取名　"死亡部队"
死亡部队继续向北前行一日——
被驱赶到了世界尽头般阴郁的
雨龙郡的矿坑

被飞机场传来的声音吓了一跳
在十月末大雪纷飞树木冻裂的严寒中
他们裸身进入矿坑
九个人一天要挖出五十车才算完成定额
棒桩　铁棒　鹤嘴镐　铲子
不断遭到殴打　钻进伤口的煤灰像

1　函馆：位于日本北海道西南部，渡岛半岛南部，面临津轻海峡。北海道重要的港市，连接本州岛的海陆空交通枢纽。

刺青般点缀腐蚀着身体

“不必给他们关爱　抑或抚慰

　沐浴设施也没必要　宿舍只要坐起来头上有个

　二三寸空间就够了”

不间断的逃亡开始了

追踪雪上的足迹　被带回后的

残酷处刑

追踪雪上的足迹　被带回后的

蒙眼私刑

只能目不转睛看着伙伴们被生生殴杀至死

除此以外毫无办法的刘连仁

曾因此颤抖过多少回呢

日本的管理者曾说

“日本是岛国　四面皆有海包围着

　想逃也不可能逃得了！”

铺开的北海道地图一定有着

风筝般的形状

周围无论天空还是海洋都是满满的蔚蓝色

而他们不相信

日本是与大陆接壤的

是贴在朝鲜尖端上的半岛

不　不对　不对

是与奉天[1]　吉林　黑龙江三省相连的国家啊
向着西北　向着西北走下去
一定会在某一天到达故乡
啊　多么豁达的智慧啊！　祝好运！

空气中掺杂着芳香
很快
便是花朵与树木一齐盛放的北海道之夏
要逃的话就趁现在！　积雪也消融干净了
刘连仁没把计划告诉任何人
在青岛时掀起全员暴动的计划也曾泄露
来到矿坑后也曾多次泄露
还曾牢牢抱紧砖头
等待黎明的信号来临　然而……
刘连仁一个人逃跑了
从哪儿
从茅厕的淘粪池里
满身污秽地爬了出去
大概没有比此刻更令他强烈憎恨日本的时候了吧

在小河里清洗身体时
黑暗中传来水流与　中国话的声音

1　辽宁省在 1929 年之前原名奉天省。东北三省得名于清代驻东北的最高军政长官东北三将军——奉天、吉林、黑龙江将军。

竟然是同样在这一天逃出来的四个男人

五人为这奇遇而喜悦

向着西北前进吧　向着西北！

从那可憎的矿坑直到看不见的远方

趁着今夜

鞭挞劳动了一天后的疲惫身躯

五人匆忙赶路

山后面还是山　峰过后还是峰

采摘野生韭菜　啃食山白菜　因毒蘑菇而痛苦挣扎

恐惧着野兽与野鸟的叫声

进入猎人也不会前往的森林深处

数月之后下山进入村庄　因为太过饥饿

有两人被发现　并带走了

在名叫羽幌[1]的小镇附近

光辉灿烂的太阳下

因为不知战斗已在数日前结束

三人像惊恐过度的野兔般

逃进了山中

从山上俯瞰所见的地里长满白色的花

土豆的白花

刘连仁并不知道　那是土豆

1　羽幌：位于日本北海道西北部，临日本海。

尝了花茎　尝了叶子

都不是能吃的东西　但等等

如此难以下咽的东西不可能会有人勤勤恳恳种这么多

慢慢地刨开土壤

有一些包块儿并排在那里

拭去泥土后嚼一嚼　口齿间满是清甜

土豆成了他们的主食

白天睡觉　夜里在地里觅食的日子周而复始

“喂　听到了吗？　刚才是汽笛的声音啊！

很好！　沿着铁路一直走就能走到朝鲜了”

为什么之前没发现呢

这沿海向北延伸的铁路线

三人在欢欣雀跃着最终到达的

夜晚的海边一面拾捡海带　一面咀嚼

花费数日　终于到达的地方是

铁路的终点

那是一幅多么寂寥的风景啊

铁路的终点　只有荒凉的大海无限延伸

不认识“稚内”两个字

也无法向附近的人打听

仰望空中大颗的星星　三人明白了

日本似乎是个岛

似乎真的离故乡无比遥远

三个男人

默默开始了冬眠的准备

短暂的夏与秋结束了　空中下起了暴风雪

做出熊的亲戚似的表情捱过这个冬天吧

找来被人丢弃的小铁铲

挖出深深深深的洞穴

尽可能多地储存海带　土豆　干青鱼子

将三具胴体封闭在　雪洞中

三个男人说起了故乡

一说起不幸的故乡就停不下来

石臼上的高粱　谁来给它磨粉呢

那天早上院子里石臼上的粉末

今年的粟饼　是母亲做的吗

我眼前浮现出　枣树林

虚幻的枣树林

一天　日本军来到这里驻扎

被砍倒的两千五百棵树

如今只剩残桩了　在李家庄的村落里

祖父们亲手养育了三十年

每年要到市井里卖出 120 吨大枣

我看见了

毫无理由被铡刀杀死的男人的身躯

被活埋之前　无比享受地吸着一支烟的

某个男人的侧脸　他还年轻　苍白……
我看见了　女人的头颅
拒绝被侵犯的女人的头颅
被切断后从臀部长出
还有被强行拽出的胎儿
赵玉兰　如果你遭遇了什么不幸
挥开不祥的预感　重叠的影像　挥开它们
刘连仁抱紧膝盖
久久地抱紧膝盖陷入混沌之中
三个男人扛过了冬天　长达半年的冬天

当他们畏惧着耀眼的阳光　按摩着麻痹过度的双腿
并开始练习行走的时候
又是六月的天空了　六月的风甜甜的
三人一直走到网走[1]附近
翻过雄阿寒　雌阿寒的群山
终点竟然又是海！
那是靠近钏路[2]的海
三人愣在了原地
日本是个岛好像真的是真的啊
那么只剩下试试大海这个方法了
在一个风往西北不断吹拂的夜里

1　网走：日本北海道东北部最大的城镇，位于鄂霍次克海沿岸。
2　钏路：位于日本北海道东南部，临太平洋。

三人偷走一艘小船

小船飞也似地前进着　但怎么说呢

被吹向的地方仍是同一片海滩

回到了出发时的水边

船桨漂走了　储存的干货也腐臭了

试着打手势拜托渔夫

捕鱼的老大爷呀　我们遭逢不幸

能请你帮忙送送我们吗

到朝鲜就好　大家不都是身居底层的伙伴吗

帮帮忙吧　我们会感恩的

鲁莽的哑剧以失败告终

老渔夫虽然没说一句话　但很快给出了回答

来了一大群人在山中搜捕

跑着跑着其他两个伙伴也被抓住了

只剩下一个人了　刘连仁

刘连仁失声痛哭

那两人一定是被杀了　一切生路都被关闭了

“等等　我也来了！”

将腰间的粗草绳捆在树上　全身重量都投进绳环

疼痛的却是腰部！

无法支撑六尺之躯　纤细的绳索轻易地断裂了

魂飞魄散　茫然无措

再往后是猛烈地拉肚子

干青鱼子原副原样拉了出来

“混蛋！” 既然如此就给他活下去

活着　活着　一直活着给他们看看吧！

就是在那一刻　他清醒且大胆起来了

十二年的岁月在他身上流淌而过

对刘连仁而言的生活

除了进洞　出洞　再无其他

不被厚雪掩埋　不被泉水烦扰

过冬用的休眠洞穴

经过几个冬天的苦涩体验　终于学会

洞穴要特别留心每年更换

某个秋天

偶然遇上了来捡栗子的日本女人

女人发出一声尖锐的喊叫

好不容易捡到的栗子也撒了一地　撒了一地

几乎是手脚并用地逃走了

那是遇上怪物的逃跑方式

刘连仁下山来到一条小河旁窥看清澈的水面

未曾修剪的乱发

从田间小屋随手偷走的女人和服裹在身上

妖怪似的　摇摇晃晃

这是自己的模样吗？

赵玉兰　你爱上并嫁给他的

刘连仁变成了这般模样

把因自嘲和恼怒而发热的脸

浸在秋日小河的水流中

像老虎一样粗暴地晃动

我爱干净到了近乎洁癖的程度　不喜欢被玷污

即便是漫长的逃亡之行　无缘于群居生活

至少也要维持仪表的整洁啊！

找来镰刀的碎片

刘连仁默默剃掉了胡须

长发结成发辫　同时可以用来驱除蚊蚋

风送来金合欢的香气

那是发生在某个夏天的事

在穿林而过的小溪里　将身体完全浸泡进去

啊　谢谢　太阳公公啊

连这个在日本山野中逃来逃去的我也

得以享受这莲花般美丽的一天

谢谢你的恩赐

仰望着透过树叶间的光线

像洗澡时那样搅起水花　就在这时

一个孩子出人意料地从树与树之间

探出脑袋　像只小松鼠似的

“你明明是个男人　为什么披着长发？”

“嚯　你几岁了”

日语和中国话并不能互通　恶作剧似的乱飞

真是个淡定的小鬼啊

应该是开拓村的孩子吧

我的孩子若生下来了　差不多也该是这么大的可爱小孩

虽然从开拓村的小屋里偷了各种各样的东西

但我从没偷过孩子的东西

即便那柔软的被子令人渴望得头晕目眩

但它是婴儿的寝具　所以只有它

我从未碰过哟

语言无法沟通

好些问题与回答都无法互相传达

两人却像早已熟悉的叔叔与侄甥

一起泼水玩耍

过了好久　刘连仁终于意识到

这不行　应该远离小孩儿　他们会把一切都宣扬出去

我真是太大意了！

不过也真是个奇妙的孩子啊

就这样　他一丝不挂地　转瞬消失在树丛中

遇上两匹狼

也遇到了熊　还跟兔子和野鸡对上了眼

它们从不加害于人

他也无法忍受有人杀害野兽

刘连仁的肠胃像僧人一般清洁

可怕的是人类呀!

心不在焉地从山上眺望着村庄的变化　以此打发时间

入山两年多

地里劳作的是　女人　女人　全是女人

再往后慢慢加入了一些男人

田间小屋里储存的物品似乎也变得丰富起来

发现大米和火柴时的欢喜

就像儿童时期过春节的心情

连铁壶也一起偷走

在山中燃起细细的炊烟

究竟有多少年没吃煮过的食物了呢

土豆的美味比茄子更甚　简直不像世间之物

再往后又过了几年

他寻获了一件皮外套

也找到了塑料布

然而身体却一年比一年衰弱了

十年之后连时间也再无法计数

家人的脸也变得模糊

妻子很可能已经嫁给别人了吧

即使她还活着也……

是在哪一年呢

这片土地遭遇了形势严峻的旱魃

所有农作物都蔫着头

捂着脸站在田地里的农民四处可见

远远地　远远地

刘连仁却丝毫不为此感到愉快

日本的农民也很苦啊

我虽也是天生的农民

这疙疙瘩瘩日益衰老的双手

还能有机会再抓起锄头吗

在黑而湿润的土地上　哗啦哗啦地

弯腰播种

那样的日子还会再到来吗

漫长的冬眠结束

春天　从洞里出来的时候

只要练习两天便能够行走了

一年又一年　为了行走

耗费了许许多多的日子

腰腿越来越痛

甚至要花两个月才能再次行走

疼痛愈发厉害

直到秋天　终于又能行走的时候

北海道早到的冬天已经

降下了纷纷扬扬的细雪

刘连仁再次被赶入洞中

像野兽一样活着

跟记忆与思考的世界相隔绝
像野兽一样活着
连日本是海中之岛一事都不知道
不过　刘连仁
你拥有让自己存活下去的智慧

惨淡的日月如梭
如你祖国的河流那般悠悠流过
然而一条生命
他的智慧与身体
似乎终究是有限度的
一个严冬的早上
你终于被发现了
在札幌[1]附近当别[2]的山中
由一个日本的猎人
周身满是冻伤　足有六尺高的大个子男人
留着一尺半的长发　语言不通的奇怪男人
表情里充满绝望
连声说着“dòng dòng[3]”的男人
痛　那是

1　札幌：日本北海道道厅所在地，北海道最大城市，也是当地的经济、政治、文化中心。

2　当别：位于日本北海道中西部的小镇，西南与札幌相邻。

3　原文为“イダイ、イダイ”，是不懂日语的刘连仁对日语单词“イタイ”（痛）的讹用。

刘连仁学会的　唯一一句日语

“好像是中国人”

穿着滑雪板的警官突然变得客气

刘连仁感到讶异

为什么他不打人呢

为什么不像过去那样把人拖走呢

在山麓的杂货店递来苹果和烟

还让烤火　“不明白”“不明白”

什么都搞不明白

穿西装说中国话的男人

大量聚集在四周

居然是穿西装的同胞!

刘连仁无法认同

对祖国获得胜利一事也无法认同

一个一筹莫展的华侨说

“把旅馆的人叫来

　点些你想吃的东西吧

　日本人无论如何也无法

　再欺负中国人了”

刘连仁点了一份热乌冬

脸颊红红的女佣恭恭敬敬地端了上来

刘连仁那坚固的心

在这时终于开始放松了

真是惨痛的被害方式啊
同胞们眼眶发热
眺望着热气中那朴素的男人

听说八路军夺取了天下
建立了我们也能居住的强大国家
一点一点　消化着信息的时候
刘连仁又惹上了间谍的嫌疑
什么时候来的
在哪儿工作过
如何来到了北海道的群山中
对一切都很朦胧的刘连仁　给不出答案
札幌市政府说
“没有道厅[1]的指示我们没法处理”
北海道厅说
“没有政府的指示我们没法处理”
札幌警察局说
“我们没有预算　这是该由政府处理的问题”
政府　这个国家的代表则打算
将他作为“非法入境者”“非法滞留者”进行处理

通情达理的日本人与中国人

1　指北海道厅，相当于日本其他县的县厅；须注意的是，日本的县大于市，相当于中国的省。

迅速着手进行刘连仁的记录调查

被绑架奴役的中国人数量达十万

必须翻阅那些名簿　尽早查明他的身份

为了洗脱他的间谍嫌疑

而在庞大资料中进行搜寻就像海底捞针

这夜以继日的工作开始了

“行踪不明”

“滞留内地”

“事故死亡”

仅仅一句话就被总结的

中国人名的竖列　竖列　竖列

怀着不屈生命力活下来的

刘连仁的名字终于在某一天

如烤墨纸上的字迹[1]清晰地浮现出来

“刘连仁　山东省　诸城县第七区紫沟人

　昭和十九年九月　于北海道明治矿业公司

　昭和矿业所从事劳动

　昭和二十年擅自离开　目前仍滞留内地”

昭和三十三年三月刘连仁来到了烟雨笼罩的东京

让既没有罪名　也不是士兵的　百姓

陷入如此惨境的

1　用经过特殊处理的液体在纸上写字，干后在火上烘烤，字迹即显现出来。

“华人劳工引进方针”

曾经筹划出这个计划的商工大臣

如今已成总理大臣[1]　这奇特的首都　他来了

含糊其辞的政府

只知琢磨托词的无脑官僚们

还有燃起赎罪与友好意识的

无名的普通人

在层层席卷的旋涡中

刘连仁明白了

在俺一事无成的日子里

中国已经完成了卓越的改变

俺如今　在日本所见所闻及愤怒之事

曾经也在祖国发生过

俺的国家那已埋入历史中的事物

在这个国家

正要作为奋斗理想

卷起风暴呢

在东京收到的最好的礼物

是关于妻子赵玉兰和儿子

1　时任日本内阁总理大臣即首相的是人称“昭和的妖怪”的岸信介（1896—1987），战时与战后从未离开日本政治权力中枢之人。伪满洲国时期，在中国东北手握重权，终战后位列甲级战犯。其弟佐藤荣作（1901—1975）、外孙安倍晋三（1954— ）均登上首相宝座。

还活着的消息

而且妻子还坚守传统没有改嫁

一心只系刘连仁地活了下来

儿子十四岁

怀着某日终将与父亲相逢的愿望

被取名为　寻儿

寻儿　寻儿

刘连仁比任何人都更想见到儿子

三十三年四月[1]

白山丸[2]向着祖国一路进发

曾经像家畜一样被装在船舱里渡过的海

归国时变成特别二等船舱的客人

踏着波浪而还

飞翔一般

踏着波浪而还

怀恋已久的故乡山河映入眼帘

蓬莱　年轻时曾当过榨油工人的地方

塘沽

漫长旅途的终点

十四年尽头的港湾

1　即昭和三十三年四月，更具体地说是1958年4月15日。

2　刘连仁从日本归国时所乘的轮船。

被熙熙攘攘前来迎接的人们环绕
第三个握手的中年女性
便是妻子赵玉兰
刘连仁没能认出她　继续往前走着
离别时　二十三岁的年轻妻子已经三十七岁了
刘连仁没能认出她　继续往前走着
“爹！”
搂进怀中的清秀少年　正是寻儿
头发闪着光泽的清爽男孩
阅读　写作
阐述自己的意志
都比众人优秀　长成了村里最棒的精英
三人坐上运货的马车
回到了家乡草泊村
家乡的桃花开得正盛
村人们敲锣打鼓如同过节
连仁兄弟回来啦
路上遇见的人们　一个又一个
回想起他们的名字　相拥着走进家门
窗户上贴着新的窗纸
土炕上铺着新的席子
素土地面的屋里　崭新的农具闪闪发光
墙壁上梅兰芳的画像旁
如国产南瓜般让人倍感亲切的

是毛泽东笑脸相迎的照片
刘连仁飞奔到地里
捧起家乡的黑土用舌尖尝了尝
麦子长到了一尺高
茫茫地向四野扩张
那天夜里
刘连仁和赵玉兰
彻夜倾谈
家族的盛衰
苦难的岁月
重逢的欣喜
用分毫未损的山东方言。

*
* *

一种命运与一种命运
意外地相遇
其意义无人知悉
其深度也无人知悉
逃亡中的大个子男人与　开拓村的小孩儿

就像风把花的种子带向远方
昆虫带着沾满花粉的脚四处飞翔
一种命运与　一种命运交叉了

连他们自己也尚未意识到

一个村子与　另一个遥远的村子
意外地相遇
其意义无人知悉
其深度也无人知悉
连令人满足的对话也未曾发生
将焦灼像灯笼草[1]一样吹响
一个村子的灵魂与　另一个村子的灵魂
意外地相遇
在无名的小河旁

时间经过
岁月流逝
一个男人已经如愿回到
家乡的村庄
忍耐过十三个春天
十三个夏天
十四个秋天与
十四个冬天
在将青春藏进洞穴　消耗完毕之后

1　日文写作“酸浆”“鬼灯”，茄科多年生草本，供观赏。夏天开乳白色的花朵，袋装花萼所包的球形液果成熟时为橙红色。从液果中去掉种子，可含在口里吹响。

时间经过

岁月流逝

一个小孩儿长大了

长成比榆树还强壮的年轻人

年轻人蓦地想起

幼年时期　那次未完成的对话

那些缝隙

如今想用自己的语言　把它充分填满

附记

参考资料为欧阳文彬著、三好一译《藏在洞穴里的十四年》（新读书社）

一定要怀疑

游泳　游泳

挥动手臂豪爽地游泳

精力不竭

无止境地游泳

水层的厚重

与加诸身体的抵抗力

都鲜明地刻于五感　我果然是会游泳的啊

　　　　　　　　　　当然是会游泳的

　　　　　　　　　　叫我不要游泳吗

这波纹是志贺[1]的湖呀　不对

像是沼泽　有着让人害怕的绿色呢

啊　是金子先生[2]！　金子先生

亲吻了金子光晴氏

似乎让他很反感

痛！　金子先生大叫

并冷漠地撇开脸

1　志贺：地名。位于日本滋贺县琵琶湖西岸。

2　金子光晴（1895—1975）：诗人，爱知县人。曾远渡欧洲致力于诗歌创作。关东大地震后失去房屋，在各地流浪。婚后三年，太太与人私奔，他也在友人的帮助下离开日本，在东南亚即欧洲各国展开了五年苦旅，创作能力亦在旅途中获得飞跃性提高。归日后创作了许多反战诗歌，如诗集《鲛》（1937）《降落伞》（1948）《蛾》（1948）等。

冷不防地抓住他两脚　将其倒吊
在他小腿胫骨上轻轻柔柔地吻着
小腿汗毛有着适中的柔软度
金子先生似乎很开心地笑出声来

常去的街角
是这里　是这里
为什么这么久都没机会来了呢
别致的小店鳞次栉比　呈锐角的街道
是瑞士吗
白雪覆盖的巍巍群山　遥远而尖锐
我曾多次在这里购物　令人怀念的街道
欢欣雀跃地挑选漂亮的纸张　小玩意等物

我又没有孩子
也不懂什么人类的未来
即使在森林里逃窜苟活
也不过再有
百年左右　人类便会跟啄食野蔷薇果实
消失得无影无踪的无名之鸟一样
藤原道长[1]先生
历史年表上　你的全盛期也不过只用五厘米

1　藤原道长（966—1027）：平安中期的朝臣及摄政。三个女儿都相继成为皇后，作为天皇外戚独揽摄政大权，开创了藤原氏的全盛时代。

就能完全容纳　多么虚无啊　喂
那边的小哥　把酒给我!

睁开眼睛　我还是个旱鸭子
　　　　　　　金子先生　虽然是在梦里
我也真是太过失礼了
　　　　　　　那个街角并不存在
似乎是混进了别人的记忆
　　　　　　　沾满血色　无人说明

板着脸
去区公所缴纳拖了又拖的税金
因为到明天为止还不缴纳　就会有人来扣押我的
电话及其他
恶之路　泥泞之路　要坐巴士就得做好受伤准备的路
从不给与只会索取就是说的这个
为什么　如此老实听话呢　朋友们
即使没有孩子
这也是与人类昨天今天明天
紧密相关的啊

啊　紫苑!　虽是冷清的花朵
却无比热爱　簇拥着绽放
虽然深信正午的头与身体

是正常之物[1]

然而

1 此句原文为“まひるの頭とからだとが 正常のものと思い込んでいるけれど”，“まひる”意为“正午、晌午”，结合前文，此处似应按语音作解，即取“まひる”一词的头（ま），与身体（ひ），合为“まひ”，即“麻痹、麻木”之意。

保谷[1]草子

——致貘先生[2]

茨木女士该多写些荒唐的诗嘛
比如说啊　自己的尿尿或是什么的
谷川俊太郎氏如此说道
那样的诗　明明你自己也没怎么写过嘛
哈哈大笑着　却在另一天
从饭岛耕一[3]氏口中听到了同样的话
但也绝不是因为这样的原因
而是研究貘先生的诗产生了必要性
在我一首不漏的阅读过程中
却发现这看似荒谬　实为高贵逸品之物
竟被人毫不惋惜地丢弃　散落在海边
虽然为时已晚却仍成为其支持者
时至今日仍闪着新鲜光泽的贝壳

1　位于东京都中北部武藏野台地的市，1967 年施行市制。该地区曾经拥有广阔的田地，以出产萝卜闻名；战后迅速城市化，成为典型的郊外住宅团地之一。附近有青梅、富士、新青梅等街道相交，紧邻西边的田无，形成生活圈。2001 年，保谷与田无合并为西东京市。

2　貘先生，指山之口貘（1903—1963），日本冲绳那霸出身的诗人，原名山口重三郎。二度上京，在东京辗转打工，过着贫苦放浪的生活。34 岁时相亲结识安田静江，婚后二人依然过着清贫的日子。他一生著述不多，只留下近二百首诗。

3　饭岛耕一（1930—2013）：日本诗人、小说家，日本艺术院会员。其长子是建筑评论家饭岛洋一。

将你留下的种种

欣赏　拾捡

后悔没能见上你一面

突然很想见咪咪子[1]小姐……

我说

找了又找　最终发现小姐也住在

保谷的村庄　近在咫尺

有着健康的日常作息

三伏之夏

一个令人联想到正月也需要电扇的冲绳的日子

二人结伴来到一家名为“武藏野”的

中华料理店　钻进门内

真是家乱来的店啊

点了道海蜇　端出来的西式盘子堆得满满高高

是要让我们俩把这些都吃掉吗

将貘先生在诗中所写的青桃般的屁股

毫不掩饰地暴露出来

穿着有红色鼻绪[2]的小小木屐阔步于疏散场所

用茨城口音大叫着 “鼠辈”“蠢猫”的

咪咪子小姐

如今也长成了妙龄少女　不慌乱　不动摇

爽快地发出　咯泠泠　咯泠泠的声音

1　咪咪子，乃山之口貘的长女山之口泉的爱称。

2　鼻绪：指木屐上的带子。

急急咀嚼着海蜇

吃了烧麦　把鸡肉料理一扫而光

接着不管什么都大口享用

说去说来　忽然间

我想起了

长期以来恍惚忘记的东西

直面人生的锐利小刀

正因年轻　才拥有的深刻的虚无！

想跟咪咪子小姐做朋友

但年龄似乎相差太远了吧

藏着这般心思喃喃道出自己的年龄

“还很年轻！　很年轻！”

她答

五官鲜明如刀刻的南国风长相

像是藏着弹簧的柔韧身躯

凛然之心

这样的人　可是很少有的哦

出色的新郎官　快从天上掉下来！

从远处　悄悄　将你留下的杰作

夺走之人　我突然很想观察一下

于是点燃了一根烟

超 越

存在着感觉到超越的瞬间

明明没想着要超越

也没有追赶

却感觉到超越了他人的瞬间　那难以言喻的孤寂

感觉到超越父亲的夜晚

我哭了　在被窝里　默默地

枕头湿透

听着隔壁房间父亲的鼾声

拥有这种瞬间的自己

啊　多么让人　讨厌！

明明不管怎么看　我比那个人更强这件事

都不像是真的

然而那是无法否认的

就像一种启示

仿佛谁在瞬间拔刀出鞘时

展示在自己面前的几个断面

未来某一天

我也会给与别人这种感觉吗

给外甥或侄子　抑或年轻的朋友们

这样的刹那

超越之时　确实能感受到

然而

被超越的时候　却似乎并不知晓啊

上 吊

在小镇上当医生的父亲
接到警察的通知
不得不去做尸检
作为女儿的我也跟着去了
父亲没有强行阻止
那时的我正处于想用自己的眼睛　直接
观察一切的意欲
无比旺盛的时期
进入手术室
确认自己
能在不晕倒的状态下看完截肢
把这事讲给当时正交往的英国文学研究者听
他说　“简直像肉铺一样呢”
因为歪着嘴评价了外科手术
我把那位英国文学研究者甩了

在海边松树林里的　适当的松树的
适当的枝干上　上吊男自杀了
就那样无依无靠地摇荡着
穿着皱巴巴的军装　在微风中
像晴天娃娃一样摇荡

他最初是想投海自杀的

裤子被海水　弄得黏答答

口袋里　还有些零钱

是因为昨晚小镇上虽然灯火通明

却没有一家人出声询问他吧

求死并不是困于食物

抑或钱财吧

战战兢兢地看着　回家后

母亲[1]生气地朝我撒盐[2]

大叫道　你这孩子！

为上吊者做尸检的父亲也过世了

虽然是很久以前的记忆

那将世间冷酷用力勒出形状般的

晴天娃娃

偶尔　仍会在我心中　摇荡

在人们的善意之中

在人们的深切同情的正中央

1　此处的“母亲”并非作者的生母阿胜，而是生母去世两年后嫁入家中的继母信子。

2　日本人认为撒盐有驱邪之效，许多人参加完葬礼或见过死者之后都会以此方式祓除不净之物。

不想说出口的言语

在心底　施加重压
收藏起来的言语
一旦诉诸声音
一旦付诸文字
就会立即褪色吧

因着它
我所确立的事物
因着它
我被激起的思念

若是想要告诉别人
会因为太过平凡
而绝对无法传达给对方吧
世上也有只能活在
某个人的气压之中的言语

像一根蜡烛
炽烈地燃烧　燃烧殆尽吧
自顾自地
不被人注视地

反复之歌

日本的年轻高中生们
对待在日朝鲜高中生们　粗暴野蛮
结成团体　以凄惨的方式[1]
不备时遭人袭击原来就是这样的吗
脑中噌地涌起热血
袖手旁观了吗
那个时候　站在月台上的大人们

父母那代人未能解决的问题
我们也抱着胳膊
任其在子孙那代反复　盲目地

田中正造[2]披着凌乱的白发

1　20世纪70年代，以东京朝鲜中高级学校与国士馆高校、帝京大学等为中心，日本与在日朝鲜（韩国）学生之间时常发生打架斗殴的事件。埼京线的十条站是离朝鲜高中最近的车站，因此这周边时常成为群斗之所。20世纪80年代后期到90年代，学生斗殴逐渐升级为针对个别在日朝鲜人的袭击，当时所谓的"韩服撕裂事件"（チマチョゴリ切り裂き事件），即是以柔弱的女生为目标，在上学放学途中进行袭击，撕烂她们身上的韩服。

2　田中正造（1841—1913），日本明治时期政治家、社会活动家。生于栃木县，以众议院议员身份在议会内追究足尾矿毒事件，但无结果。1901年辞去职务，直接向天皇提起申诉；余生致力于研究矿毒与治水问题。

声嘶力竭呼喊过的足尾矿毒事件[1]
祖父母们　心不在焉地听着　插科打诨混过去的问题
如今正在被扩大再生产着

人到中年的大人们
别做梦了
在我们手上没能解决的问题
别以为到了子孙那代就能突破难关
眼下无法解决的问题　终会卷土重来
更恶劣地　更深刻　且宏大地
这似乎是不可动摇的法则

也有医生给自己的腹部做局部麻醉
自己执刀
将生病的盲肠摘除
现实中
也有这样的豪杰哟

1　19世纪80年代后半，因栃木县足尾铜山矿毒流出而导致渡良濑川沿岸农地遭到污染的公害事件。事情发生后，当地人民多次提起申诉，但情况未能得到改善。1897年以后，当地农民们不时大举上京举行抗议活动，并与警官发生冲突，成为当时的一大社会问题。议员代表田中正造于1891年向议会提起诉讼，公开民众的受灾状况，却遭到弹压。1901年，他直接向天皇提起申诉，最终虽然失败，却以此为契机获得社会舆论的关注，得到社会主义者与基督教徒们的支持。对此，政府在1902年设立矿毒调查会，将矿毒问题转移到治水问题上，企图平息事态。田中正造死后，矿毒问题表面上终止，但由于对污染源的处理方法不够充足，矿毒被害未能解决，足尾山也因此成为荒地。

大国屋洋裝店

巴士靠站的时候
老人缓缓抬起目光
停下忙碌的手　朝上上下下的乘客
打量着

巴士在学校前停下来的时候
上了年纪的老板娘也　缓缓抬起目光
停下忙碌的手与丈夫一同
朝上上下下的乘客　有一搭没一搭地看着

工作是开裁缝店
从早到晚制作成蹊学园[1]的校服
巴士靠站时　我也从车内打量着老夫妇
看的人也　时常是被看的一方

未曾见到媳妇模样的人
儿子　孙子之类　更是　从未出现
看着衣着整洁的老爷爷老奶奶
仿佛连他们今晚朴素的菜色也能在脑中浮现

1　成蹊学园：位于东京都武藏野市吉祥寺区的综合学校。

两人像两尾蝴蝶
视线飘来飘去地游走　时而变换眼神
待巴士离开后　再次沉默
回到琐碎的工作中

虽然二人酝酿出一种
可谓净福[1]的氛围
但在见到他们身影的日子里
我却不知为何　感到深深的忧虑

想要追究忧虑的源头
而进行了漫长的思考
望着路边那排青翠欲滴的榉树
恰五月　车靠站　风中飘香　我与他们目光交会之时！

这个国家　不给谨小慎微　拼命地
活着的人们　心灵的弹性
就连自行爆破　偶尔动摇
也有迫使其自取灭亡　消灭它的因素

那二人所欠缺的东西

1　净福：佛教中指摆脱烦恼的真正幸福。

我所欠缺的东西

是日复一日的弹性　活下去的冲劲

是不为显摆而从内部溢出的名为律动之物

无论孩子　年轻人　或老人

都不能缺少之物

那种欠缺感

体现在他们工作的状态中

兄 弟

“润子[1]　你喜欢哥哥吗”

“喜欢”

“是喜欢的吧”

　“嗯　喜欢”

“哥哥也　最喜欢润子啦

　好　那我们就……找点什么来吃吧”

如同天使的对话般清澈的声音

传入耳中　猛地睁眼

夜晚的火车正在朦胧未明的天色中

穿梭

乘客们还陷在酣睡之中

只有小鸟般早早醒来的孩子们

开始叽叽喳喳地说话

那是一对看上去像由爷爷带往秋田

去过暑假的可爱两兄弟

窗外那从未见过的汹涌大海

正噼啪噼啪地延绵起伏着

1　原文为“じゅん子”，此处按发音译为“润子”。虽然“××子”一般是对女性的称呼，但结合上下文，此处的润子应该是个小男孩。

柿漆团扇[1]色的爷爷还在沉睡

心中不安的哥哥

看似变得想要确认爱的存在

忽然　这对兄弟在我脑中

像一寸法师[2]那样开始长大

二十年以后　三十年以后

二人因遗产继承问题发生纠纷

二人因彼此的配偶　而纠缠不休

将“兄弟终成陌路人”这苦涩的俚语

强行咽下　兀自垂泪

啊　但愿不要发生那种事吧

他们会将此事忘得一干二净吧

在通过羽越线那寂寞车站时

发生的幼稚对话的断片　真是不可思议呀

此后恐怕不会再碰面的身为陌生人的我将

1　柿漆团扇：表面涂有柿漆、做工比较粗糙的团扇；因为材质坚固而时常被用于生火。此处是指爷爷的肤色像柿漆色；日文写作“渋柿色”，一种介于咖啡色与棕色之间的颜色。

2　一寸法师：日本传说故事中的人物，生来只有一寸大小，却凭借其聪明才智排除万难，降服了强夺公主的妖怪。妖怪给了他一个能实现愿望的小锤子，一寸法师凭借它，在公主的帮助下长高长大，变成一位体格与常人无异的青年，并与公主结为夫妇。此处是指这对兄弟在作者脑海中迅速地长大成人。

他们那闪闪发光的言语掬起

并将长久让它留在记忆里这件事

国王的耳朵

跟大家聊着聊着
男人们渐渐露出没劲的样子
在某次乡下法事的筵席中
回过神来　发现周围都是男性
只有我一个女人
正在谈论些什么
其他女人都在宽敞的厨房里手脚不停地忙碌
似乎我也应该如此忙上忙下　但
人越多反而越帮不上忙吧
我便悠然地混坐在男人堆之中了
值得强调的狂妄之论　记忆里自己并未说过
但家父长[1]们那自大的样子怎么说呢
他们的耳朵是驴的耳朵
环视四周　也有相当年轻的驴在场
　（驴呀　原谅我　这只是个比喻
　　我觉得你们的听力远超他们　非常厉害哦）

女人们将真心话折叠起来
就像合上扇子那样

1　在日本传统社会中的家父长制度下，女性是男性的附庸，家中事务都有一家之长来决定。此处便是指当地那些拥有权威的男性。

无处可去的言语　在体内跋扈猖獗

日常只说反话

唯有像祇园舞女那般假装傻瓜才能得到爱

成了老女人后　只有能力强的人

才可获准将叠起的扇子打开[1]

那份权威摇身一变与卑弥呼[2]齐平

就连荒唐的命令　也受到成年男性的敬畏

　　真可悲呀　被折叠的石造物

　　取出来的时候已经发了霉

　　那种陈腐　是多么难以形成

抓住亲戚中那个名为周子的女人

提议将当地的男人们臭骂一顿

这个在传统家庭的重压下辛劳度日之人

歪着灰白的脸　落寞地笑了

　　有些时候　我也会有这种感觉

　　若是透露某些感想

　　便会像说了什么不可能存在的东西那样

　　收到怪异　嫌恶的表情

　　但会去思考

　　就是我仍然年轻的证据啊……

曾经告诉我　自己被蒙克那幅

1　此处对应前文，指女人藏起来的真心话。

2　卑弥呼 :《魏志・倭人传》里记录的邪马台国女王。在 3 世纪的倭国大乱中，以咒术之力统率各地政治集团，司祭者色彩浓重，王权也带有不稳定性。她曾派遣使者到魏国，被授予“亲魏倭王”的称号与印绶。

名为《呐喊》的画深深吸引的人

如今也将涌上喉头的呐喊

拼命压下且习惯忍耐了吗

女性双六[1]的玩法

不能总是按照常规进行吧

不管怎么说　我那次参加的是江户中期的法事呢

男人们　要扫兴　便扫兴吧

该说的话　我必须说

在我居住的都市里　虽然没有这种事发生

然而　别急　暂时

剥掉一层皮来看不都一样吗

挖苦　嘲笑　冷漠　敷衍了事

冷淡对待都显得再虚假不过

哪怕女人的话很尖锐

过于直接

甚至支离破碎

无法诚恳接受它的男人

都是彻头彻尾的糟糕　在任何方面

都是如此

仔细翻找记忆的箱底　恰好也符合已经过去二十五年的

我的男性鉴定法则之一

1　双六：奈良时代以前传入日本的一种室内游戏。在棋盘上进行，双方各执 15 枚棋子，一方为白，一方为黑，通过筒中摇出的骰子点数行棋，全部棋子先进入对方阵营的一方为胜。有点类似于现代的飞行棋。

筷子

看见筷子漂了过来

这条河的上流似乎住了人呀

不断向上追溯的素戋鸣尊[1]之心

令人怀念

异样地　令人怀念

被追赶　变得狂暴

想必他也颇为寂寞吧

从神话中　一闪而现

至今仍在近处漂流的筷子[2]

在那里遇见的栉名田姬

但愿她真是个美人吧

芋头圆滚滚

小孩儿慌忙用筷子去戳

1　素戋鸣尊（スサノオ）：日本记纪神话中出云系神统之祖，天照大神的弟弟，因性格粗暴而被从高天原放逐至根之国。途中，在出云降服了八岐大蛇，救下栉名田姬（クシナダヒメ），并从大蛇的尾巴中获得天丛云剑。

2　在《古事记》中，被放逐的素戋鸣尊来到出云国内的一条河边，看到河上漂着筷子，意识到上流有人居住，便逆流而上，寻到一对老夫妇的家。老夫妇原本有八个女儿，但被一头名为八岐大蛇的怪物吃掉了七个，如今只剩下最后一个女儿栉名田姬，眼看着也要被吃掉了。素戋鸣尊答应帮他们除掉大蛇，并表示想与老人的女儿栉名田姬结为夫妇。

像杂技般无比困难的技术

在每日反复训练之下

竟也不知不觉地学会了

这操纵两根木棍　取食万物的技术

饭桌上的东西变了

盛饭的器具　从树叶变得丰富多彩

围着锅炉的人数变了

烧火的东西　转瞬也变了

而筷子　居然几千年都是同一个模样

两根笔直延伸的物体　虽然令人吃惊

但谁也没表现出特别吃惊的样子

仔细地

端详我的筷子　点点秃斑

筷子文化圈的尽头

弓形的岛屿上　秋天　又来了

这是第几亿年的秋天了呢?

捏起咸咸的渍物

啜饮苦茶的信浓[1]人

丝毫不觉奇妙地

啪嚓一声　掰开　杉木筷

1　信浓：日本古代令制国名，相当于现在的长野县。

我也从煮烂的烤米糕[1]里

拾捡起各种事物

穿上名为 pantalon 的　喇叭裤

随意地张口胡说

再次把筷子伸向

表亲的托盘

1　烤米糕（きりたんぽ）：一译切蒲英、枪头米棒，秋田县的特产食品，通常在秋季食用。是将煮熟的米饭碾碎后包在杉木棒上做成串儿，再用火烤成。也可将烤后的米糕从串儿上弄下来，与鸡肉、牛蒡、葱等配菜一起加入酱汁烹煮。

在居酒屋

我有过一个爷爷
虽然没有血缘关系　却很疼我
让爷爷拍打小巧的太鼓
三岁的我翩翩起舞
当真正的天狗舞飘然来到各家门户时
辛夷花也开了
春天终于到了哟

我有过一个妈妈
养育了八个子女　到了晚年　五官都
彻底　松弛下坠
好像还会发出非常怪异的声音
真是个奇怪的妈妈
还有在事态严峻时也哼歌的特点呢

我有过一个老婆
不知为什么非常爱我
呀　是真的
对我就像对待
非常非常重要的宝物一样
虽然大家都死掉了

我也不认为以后还有谁会喜欢我
事到如今在女人中受欢迎啥的
我是一丁点儿也没想过
我有那三个人的回忆就足够了!
有那三个人的回忆就足够了哟!

烂醉如泥的男人叫源先生
声音沙哑
却让人感到其中藏着高雅之歌

火车就快出发了吧
推开咯嗒作响的门走出小店
外面是
霏霏白雪

有的人牢牢呵护着仅有的几份无偿之爱
有的家伙被许多人爱却仍是一脸不满足
也有的人完全没有被爱的记忆仍能昂然地活着

知

即使掌握了 H_2O 这个符号
也不等于知道了水的性格与本质

记住了佛教传来是在 1212 年
就自以为理解了日本的 1200 年代

他人的孤独与悔恨　即便脑中明白
那人特有的冲冠怒发　切齿扼腕　眼睛虽能看见
却并未将其作为令自己心烦意乱的事来密切接触
便也等同于不知道吧

对他人而言　碰都没碰过
也不知源于何处的我的寂寥也是同样

要将它们一举填补　只有充分发动想象力这一个办法吧
然而就连这双翅膀　哪怕做了保养
也很难说清　是变得更强劲　还是变得更柔软了

如同一个劲儿地
嚷着　知道了　知道了　知道了
我所能称得上知道了的

是什么　什么　和什么呢

年过不惑　陡然惊愕
自己拥有的知识是如此暧昧　敷衍　自身是如此浅薄！
想把类似这样的道理传达给
适才终于背下了九九乘法表
与我幼时无比相似的外甥　回过头
语言　啪嗒地　踉跄了一下　最终什么也没说

虎之子

下着冰雨的日子里
金子光晴氏初次到访我家
说着自己狭心症[1]的症状
问　还能活个两三年吧
身为医生的丈夫也无法回答
想做的工作很多
正是需要再多点寿命的时候啊　他说
迎来这位厉害的长跑运动员
以沙沙起泡[2]的抹茶
替代果汁与海绵
真是风流呀　他虽如此说着　又道
“我的鼻子不好使
　甚至可以在厕所里吃荞麦面给你们看呢”
“因为我是个吃药狂　什么药都会拿来吃
　把散落在榻榻米上的药片
　啪地扔进嘴里　后来才发现　这是
　子宫收缩剂[3]啊

1　又名缺血性心脏病。因冠状动脉血管变窄，心脏活动所需的血液无法顺利到达而产生的病症。

2　喝抹茶时，须在舀进茶粉的茶碗中掺入开水，以茶筅快速冲打以击出密集的泡沫；此为点茶法，一般用于茶道。

3　用于催生或防止分娩后大出血的药物。

想来反倒是药片会惊讶吧

明明进了肚子”

“不　虽说是子宫　但也是肌肉嘛

金子先生的肌肉某处想必收缩了吧”

如此这般的奇问怪答持续到最后

他落下 Sheaffer 牌[1]的粗钢笔离开了

钢笔在我家的报纸箱底部

无人知晓地　长眠了一星期

过了段时间我到金子家拜访

同样是个寒冷的日子

朝北的三叠[2]大小的房间里硬木炭正规规矩矩地燃烧着

身穿用大量黄色与茶色粗毛线

唰唰织成的毛衣

金子先生像只可爱的小老虎那样坐着

“怎么样　这阵子　还在做吗？”

听到这样的问题　令人难受

说在做就是撒谎

说没做也是撒谎

“无为　而无所不为

在这危险的反语般的世界中　以其本来意义

1　1913 年由美国人沃尔特·犀飞利（Walter A.Sheaffer）创立的钢笔品牌。

2　叠：日式榻榻米的量词，三叠大小为 5 平方米不到的空间。

充满活力地活下来给我们看的
不正是金子先生吗
即使在 1970 年代　那也是可能的吗
如果可能　是以怎样的形式呢
眼下正轻巧　却相当深刻地
思索着这件事”
如果这样说　似乎勉强算是个正确的回答
但形之于声又显得矫揉造作
“诶诶诶　最近偷懒中”
如此说着将头发向后捋是最好的

将他遗忘之物归还后离开时
明明说了“不用麻烦起身”
金子先生还是唰地站起来送我到玄关
这才发现他下面穿着羊毛的裤子
砖红色的米花糖状碎屑也　纷纷扬扬
松松垂在上面的是老虎的高圆领毛衣
这就是所谓的超长衣吗
（不不这种流行也会很快就过时了吧）
那该说是脱俗吗
还是自由散漫更适合呢
心中充满此起彼伏的声音
到家后镇定下来
仔细一想

他

渐渐变得像

日本人想要藏起来的珍贵的虎之子[1]了

1　虎之子（虎の子）：既指老虎的孩子，又可引申为珍贵而不想放手之物的意思。

诗集与刺绣

诗集是在哪个区域呢
鼓起勇气询问
东京堂的店员毫不犹豫地带我来到
放着满满刺绣书的一角

那时我猛然意识到
诗集与刺绣
只听发音是完全相同的[1]
因此他并没有弄错

然而
只要女人询问ししゅう
就只能想到刺绣　这件事
正确吗　就该如此吗

道了谢
窘迫地将根本不想看的图案集
啪啦啪啦翻阅起来
想找诗集的意愿也已粉碎了

1　日语中的诗集与刺绣都读作“ししゅう”。

两个ししゅう的共同点是

它们都是

天下无人不知的无用之物

虽说如此　也是无法消灭之物

即使禁令出台

在内衣上刺绣的人也绝不会消失吧

用语言刺绣的人也无法被连根拔起

想到这里便露齿一笑走出店外

自己的感受力至少要

莫将心灵的干涸
怪罪于他人
是自己懈怠了浇水

莫将心中不满
怪罪于朋友
失去柔软的是你还是他

莫将焦躁
怪罪于近旁亲人
无所擅长的其实是我

莫将初心淡去
怪罪于生活
是志向原本就孱弱

莫将失败的一切
怪罪于时代
那是对绽放微光之尊严的放弃

自己的感受力至少要

自己来守护

傻瓜哟

存在的悲哀

男人有　男人的
女人有　女人的
存在的　悲哀
瞬间散发气息　旋即又消失

原谅或接受
不喜之人的
种种无礼也是在
那种时候

那种时候明明数不胜数
但要问具体是什么
已无法一一追溯
仿佛有人即兴演奏了一段竖琴曲

絮絮叨叨的调子　梳理它的手
是背影吗　是伪装的哭泣吗
游移的视线　言语之叶簌簌响
抑或是啃煎饼的声音呢

青梅大道[1]

从内藤新宿[2]到青梅[3]

几乎笔直通过的青梅大道

汽车尾气取代了马粪

络绎不绝地排成行

红着眼争分夺秒　手握方向盘的人们

说起早上　那猛然跳起来洗脸的样子呀

像磨磨蹭蹭揭下创可贴似的下了床

　　KURUMI 洋半纸[4]

　　东洋合板[5]

　　北之誉[6]

1　日文称“青梅街道”，是江户时期为运送改修江户城所需的石灰而在石灰石产地青梅与江户（今新宿追分）之间修建的道路；同时也是一条贯穿武藏野东西的交通要道。但过往的旧青梅大道与如今的新青梅大道途经路线已有很大的不同。

2　内藤新宿：江户时期设立在江户西北部，武藏国丰岛郡甲州道中的驿站，与品川（东海道）、千住（日光道中）、板桥（中山道）、合称为江户四宿。因为信浓高远藩主内藤贡献了一部分名下房屋才建立了新的住宿区，因此被称为“内藤新宿”。相当于现今的新宿南部。

3　青梅：位于东京都西北部，多摩川中游的市。由近世青梅大道的驿站街发展而来。

4　半纸：长 32—35cm，宽 24—26cm 的纸。KURUMI（くるみ）为纸业品牌名。

5　一家贩卖加工木材的企业。合板即胶合板。

6　北海道的日本酒品牌。

丸井 CREDIT[1]

竹春生 CON[2]

AKEBONO[3] 面包

伫立在街道某处等待巴士

许多中小企业的名称

突然新鲜地掠过眼底

拼死完成的社徽

究竟能延续到几年以后呢

我感到担忧

阴历五月一日的鲤鱼旗[4]

茫茫然被风吞噬

榉树的新芽　钻出树梢

清凉的抹茶　在天上啜饮的是谁呀

曾经活在幕末[5]的人　眼下一个都不剩

方才呱呱坠地的婴儿

八十年后也会像退潮般被带走

1　丸井旗下开设的信贷公司。1960 年，丸井从美国购入机器，在日本国内最早使用信用（クレジット）一词制作卡片发行。但当时的信用卡与现在所说的信用卡不同，是以分月支付（月賦払い）为结款方式的丸井百货店发给顾客的当月还款证明，于下次购物时回收。

2　一家混凝土公司。“生 CON”即“生コンクリート”(搅拌好的混凝土)的缩写。

3　一家面包直营公司。AKEBONO 意为拂晓，原文为平假名，故以读音表示。

4　鲤鱼旗为日本端午节（5 月 5 日）常见之物。端午节又称男孩节，与 3 月 3 日桃花节（女儿节）相对应。育有男孩的家庭会挂出鲤鱼旗，祝愿孩子茁壮成长，如鲤鱼跃龙门般出人头地。

5　江户幕府的末期，自 1853 年黑船事件至 1869 年。

正因如此

活在当下生机勃勃的人们

蓦地令人眷恋　出声念道

铁炮寿司[1]

柿沼商事[2]

AROBABY[3]

佐佐木玻璃

宇田川木材

一声舍[4]

PHARMACY GROUP 班车

月岛发条

等等

1 铁炮意为枪，此亦是店铺招牌名。日文“炮”写作“砲”。

2 商事为商务公司的略称，此亦为企业名。

3 婴儿用品品牌。

4 洗衣店名。

两个泥瓦匠

应约而来的泥瓦匠
长发　唇上有须
用了好几枚白底上舞动着深蓝色龙的日本手绢
挡在前开的圆领衬衫上
鳞片四处乱飞
潇洒与时髦浑然一体
丝毫不松懈的认真感
从脚手架爬上来的他
忽然透过窗户窥视我的桌子
“夫人的诗我也能看懂哦”
真是说了句令人欣喜的话呀

十八世纪　柴可夫斯基在旅行途中
陶醉于一位泥瓦匠哼唱的民谣
立即当场记谱
哼出《如歌的行板》[1] 原曲的
那位俄罗斯泥瓦匠
他当时作何打扮呢

1　如歌的行板（Анданте Кантабиле）：俄罗斯作曲家柴可夫斯基所作D大调《第一弦乐四重奏》的第二乐章，也是他作品中最受大众喜爱、知名度最高的乐章。原曲来自俄罗斯民谣《凡尼亚坐在沙发上》，是他在妹妹家的庄园旅居时，从当地一位泥瓦匠口中听来的。

波浪的声音

倒酒的声音是　咕嘟咕嘟咕嘟　但
也有的国家听上去是　咔里嗒　咔里嗒

波浪的声音明明是　咚　哗　哗　哗——
也有的国家听上去是　唰——唰——

将清酒　咔里嗒　咔里嗒地　倒出
在唰——唰——的波浪声　反复席卷的住处

一个人　只要醉了
就能被问出任何答案的夜晚

怀着与幼时相差无几的秉性
唯有伤感　变得更加深刻

脸

在电车里　遇到了酷似狐狸的女人
难以言喻的狐狸
在某个小镇的巷子里　遇到了长着蛇眼的少年
还有像鱼一样鼓着腮的男人
也有长着班鸫眼睛的老女人
长得像猿类的　更是屡见不鲜
一张一张的脸是
遥遥旅程那
令人晕头转向的长途
终点花开的瞬间

你的脸是朝鲜风格　祖先是朝鲜人吧
曾被人这样评价过
闭上眼睛　似乎看到了从未见过的朝鲜那
澄澈的秋日晴空
透明的蓝色无限延伸
也许　是吧　我回答

目不转睛地注视
你的祖先是从帕米尔高原来的
曾有人如此断定地对我说

闭上眼睛

从未去过的帕米尔高原的牧草

散发出清香

也许　是吧　我答道

树木的果实

高高的树梢上
有一颗　青色的大果实
当地的年轻人　敏捷地向上爬
正要伸手却滚落地面
看起来像树木果实的
是个生苔的骷髅

棉兰老岛[1]
二十六年的岁月
丛林中细小的树枝
顺势　将战死的日本兵骷髅
轻轻勾住
不知那曾是眼窝　还是鼻孔
飞速成长为
一棵年轻而健壮的树

生前
一定有个女人

1　棉兰老岛：菲律宾南部岛屿。第二次世界大战末期的1945年3月10日至8月15日，美国曾联合菲律宾对日本发起军事行动，解放遭其占领的棉兰老岛，称"棉兰老岛战役"。

将这颗头

视为无可取代的珍爱之物搂抱

目不转睛看着

小小鬓角卤门[1]的是怎样的母亲

用手指缠绕他的头发

将其温柔聚拢的是　怎样的女人

如果　那是　我的话……

一时语塞　就这样过了一年

再次取出草稿

想不出　能填补的尾句

又几年　过去了

如果　那是　我的话

接下去的一行　终于没能想出

1　卤门：指婴幼儿因颅骨结合不紧而形成的颅骨间隙。

四海波静[1]

被问及战争责任时
那个人说
　　关于这种语言上的修辞
　　因为我对文学方面没什么研究
　　所以很难回答[2]
不知不觉笑意上涌
乌黑的笑如吐血
喷出　停止　又喷出

就连三岁的孩子也会笑出声来吧
若没有研究过文学　就连阿巴巴巴巴[3]也说不出口的话
四座岛上[4]
人们不断地发笑　声音会响彻大地吧

1　比喻天下太平，世界和平。

2　这段话是1975年，昭和天皇针对记者提问战争责任所作的回答。“那个人”即指昭和天皇。因昭和天皇此前发言时将“二战”称为“我为之感到深切悲哀的战争”，记者问这句话是否表示他承认对战争负有责任，天皇便给出了这段暧昧的回答。

3　原文为“あばばばば”，出自芥川龙之介的同名短篇小说《あばばばば》，是一句母亲逗小孩儿的拟声语，无实意。在这里，一方面是指昭和天皇面对记者提问没给出任何有意义的回答，一方面或许也是嘲讽天皇把对方乃至国民当成无知小儿逗弄。

4　指日本的本州、四国、九州、北海道四岛。

三十年来[1]的一个无与伦比的黑色幽默

明明就连曝尸荒野的骷髅
也会咯嗒咯嗒咔嗒地发笑啊
但别说付之一哂
就连赖朝[2]级别的倒彩也不曾一喝
到哪儿去了　飘散他方了吗　匿名狂歌的精神
在四海波静之中
沉默得瘆人的群众与
后白河[3]以来的帝王学
无声地贴上来
今年也侧耳倾听除夕夜的钟声

1　从"二战"结束的1945年到昭和天皇说出这段话的1975年，之间刚好过去三十年。

2　源赖朝（1147—1199）：镰仓幕府第一代将军。曾因平治之乱被流放至伊豆，后响应仁王追讨平氏的号令而举兵，一度败走安房，获东国武士支援后制霸关东，以镰仓为根据地。1185年在坛浦之战中剿灭平氏，平定全国，再往后与其弟源义经之间生出嫌隙，以讨伐义经为借口在全国各地设立官职，确立了武家政治的基础。1192年出任征夷大将军。

3　后白河天皇（1127—1192）：日本第77代天皇，鸟羽天皇的第四子。即位时与其兄崇德上皇对立，催生了保元之乱，击败上皇，后来让位于二条天皇。院政期跨越五代天皇，在镰仓幕府确立实权之前，巧妙利用武士集团间的对立维持王朝权力，是日本院政时代最后一个握有实际政治权力的法皇（出家的上皇）。

数千年

埋在流沙中
沉睡了数千年
睡姿忽然坦露于人前
楼兰的少女

花还未开就闭上了眼
金发　小小的毛毡帽
呢绒与革制的漂亮衣衫
柔软的脚上穿着靴子

即使成了木乃伊
也依旧残留着惹人怜爱的羞赧
从你纹丝不动的体内传来
一阵呢喃

啊　仍然是　这幅光景吗
明明有那么多的风吹过
那么多的斗转星移
那么多的悲伤流经

零 余

零余

　　温柔得想将之作为和菓子[1]名

零余

　　如今却成自嘲与残次品的代名词

为避免成为零余

　　而进行可笑可悲的修行

明明只有零余

　　才拥有独特魅力　触感与气息

零余之果

　　无限包容它的是丰饶的大地

那么你便零余吧

　　是，作为女人早已成零余

若不零余，难道要待成熟甘美后

　　被满不在乎地吃掉吗

零余

　　并非结果

零余

　　是辉煌的意志

1　和菓子：传统日式糕点的总称，与“洋菓子”（西洋糕点）相对应。

冻啤酒

冻啤酒
过去曾是大家的憧憬
仅仅二十年前
让人在想喝的时候想取几瓶就取出来
把冻得冰凉的啤酒　一口灌下
那简直就是天堂了吧
回过神来
不知何时在现实中
一大早就开始喝的人也有了
春夏秋冬　家家户户
都沉睡着几瓶冻啤酒
即使在路上也能毫不困难地咔嗒[1]入手
但是会发出
啊　天堂!
噢　甘露!
这般深切感慨的人没了
幸福感也不那么强烈了

长生不老也曾是人之憧憬

1　应是指啤酒从自动贩卖机里掉落下来的声音。

自古以来寻访药草

想成仙　为炼丹术神魂颠倒

集结人才　不懈追求之人

心急如焚之人

此刻在现实中　平均寿命竟已达到八十岁

救命啊！

对到手的宝箱[1]实态感到愕然

大家哎哟哎哟地重重叹气

相互看看彼此的脸

本不该是这样的呀

1　原文为“玉手箱”，指日本民间传说《浦岛太郎》中，龙宫公主赠送给浦岛太郎的宝物。离开龙宫前，公主送给他一只箱子，叮嘱他不能打开，但浦岛太郎上岸后私自开启，瞬间变成了白发苍苍的老人。本句所说的“宝箱实态”亦是化用传说结尾而来。

苦 味

人只是存在

人们　仅仅只是存在

语言不同

风俗各异

风啊

雪啊

光照分量不同而已

入夜了点灯

天亮了为工作出门

养育孩子　死去

若受到温柔对待则喜悦如波纹般扩散

若受到严苛对待则握拳道：走着瞧

总而言之　人与人何其相似

理想之国也

转瞬风化

任何事物都无法长久

因散漫有时紧张有时才是生物的呼吸

投桶于过往之井

不紧不慢连一碗水也打不上来的愚钝

半斤八两

所谓幼年教育

可谓恬不知耻　每个国家都
用那沾满血的手
用那怎么洗也洗不干净的手进行着
明明孩子们早已对此有所察觉
从本该进化消失的尾骨处
一簇簇尾巴
狡猾凶猛　名为政府的尾巴
仍未吸取教训地长了出来
毋宁说是自发簇生的
尾巴在呐喊：民为主
可哪边是头　哪边是尾呢
人只是存在
人们　仅仅只是存在
尽管已经到了那个地步
生活状态却远劣于鸟兽鱼
不及它们的无欲无求
也不及它们的静谧
是谁第一个说出　人是智慧的生物
在仍被水汽包围的地球上
四十五亿人
相似到令人腻烦的同类

笑一个

明亮的世界突然从　另一边
从长长的隧道尽头　呈圆形出现
走吧　出去
穿过隧道
朝野花遍地招摇
风吹起阵阵香气
阳光普照的那个世界前进
走哇

向我倾诉的是
濒临死亡又活过来的人
名字被呼喊
纠缠不休地呼喊
就这样被拉回来
意识恢复的前一秒还很烦躁
吵死人了啊
明明只要从身后推一下
我就能到达那个世界了
啊　傻瓜！

突然想起一则十分古老的寓言

传说从前西域有位美丽的女子

晋王在远征途中

不由分说地夺她上马

女子呜咽不止　哭湿了衣襟

不安地猜测会被如何处置

全然不知此行将去往何方

胡地[1]难忘　以泪洗面

哭着被拽走　到了都城

却有山珍海味　可以尽情享用

成为晋王夫人受尽恩宠时　心想

“呀　既然如此　可没有哭的道理”

于是秋波嫣然　娇媚无双

其名为骊姬[2]

“恐怕　死也与此相似吧”

曾经

比任何宗教书籍都更能抚慰我的

庄子的视线

确实这边[3]才是地狱不是吗

1　指女子的家乡。

2　骊姬：生活在春秋时期，今陕西临潼一带。原是骊戎首领的女儿，晋伐骊戎时，被晋献公虏入晋国成为其妃子，后以美色获得晋献公专宠，并以此逐步参与朝政，使计挑拨晋献公与其子之间的关系，迫使献公的一个儿子自杀，两个儿子逃亡，且趁机改立自己的儿子为太子，史称“骊姬之乱”。《左传》对此有所记录。

3　指生者活着的人世间。

否则为何会如此
担忧惊惧惶恐不已
被时间之车碾过
遭苦难任意玩弄
也曾用尽全力抗争
苦役结束
无罪释放
尽管如此　却又为何？
心怀眷恋地回头　回头
逝去的人们哟
哪怕是猖獗至极的蛮荒之地
也会因长久居住而心生不舍吗？
至今尚有苦役残存的躯体
朝着那份未知大喊

喂
笑一个！
在那边
像那个名叫骊姬的姑娘一样
愉快地笑吧

倾听的能力

人心的湖水
对其深浅
驻足倾听
从未有过这种经历

惊讶于风声
迷恋于鸟鸣
独自侧耳聆听
对这种行为也一味远离

因为听懂了小鸟的对话
而拯救古老树木于危难
甚至治好了漂亮女孩所患疾病的那个民间传说
曾拥有“千里耳头巾”[1]的　一族

他们的后裔只热衷于自我

1　原文为“聴耳頭巾”，意为千里耳头巾，是日本的一则民间传说。据说从前在奥州有一个名叫阿彦的男人，他勤奋劳作，且时常供养稻荷神，祈祷自己能富裕起来，以便用生鱼供奉神明；但直到上了年纪，阿彦仍然一穷二白。某一天，当他在神前感叹自己这辈子致富无望的时候，空中突然传来一个声音，说要给他一条名叫千里耳的头巾，戴上它就能听懂动物的语言。阿彦老人利用这条头巾获得了黄金，救助了财主家的女儿，并做了许多好事，最终过上充裕幸福的生活。

唯有舌头微微发红不断空转
如何才能哄骗他人
如何才能压制对方

然而
语言之类如何得来
若是没有默默接受
其他事物的能力

访 问

一个词
来到我身旁
坐在椅子上
哟——！

在我脑中的
小椅子上
抑或三四个结伴而来
在长凳上并排入座　从哪儿来的呢

虽然可疑　仍是上了茶
对话开始
即便草率　也具魅力
喂　别忘了招待

眨眼工夫它们就叫来许多同伴
这是所谓的连锁反应吗
词语唤来词语
魔术般四溢

旁若无人

对它们而言

就像瞬间蜂拥的

鸽子窝一般

音符出现在人脑海时也是

如斯光景吗

若是它们不来

我胸中的琴弦也无法鸣响

向着某处

群起而飞后

一行诗

开始寻找出口

热闹之中

语言太多

毋宁说

类似语言之物太多

毋宁说

没有称得上语言的事物

这不毛之景　这片荒野

热闹之中的亡国之兆

真寂寞啊

真烦人啊

扭曲了面目

偶尔

养足精神

碰上别人使用的爽朗日语

发觉自己竟快乐得全身发抖

这与开始侵蚀日常

令人面目扭曲的寂寥

不无关系

天线

不间断地渴望信息的到来

带给我无上欢喜的语言

如同在沙漠里终于找到一杯水

将早已忘却的事物

瞬间拉出我脑海一般

寸 志[1]

某个地方

婴儿正在做发声练习

不厌其烦地重复着元音[2]

像黄莺的雏鸟一样

我也曾那样做过吗

用 ama[3] 称呼母亲

似乎是我说出的第一句日语

那时　并未讲究江湖礼数

说“从今以后　请让我使用日语”

继承税也没缴

极其随便地将之据为己有

OKOUKO HORENSOU DO DO DROP[4]

一旦学会了认字

便沉迷于收集词语

1　即寸心。聊表寸心之意。

2　即日文的あ、い、う、え、お（a、i、u、e、o）。

3　原文为“アーチャン”，是婴儿念“カーチャン”（妈妈）时未发出辅音而形成的错误念法。日语中的辅音可对应拼音里的声母，故译为 mama 的近似音 ama。

4　OKOUKO（オコウコ），发音练习，无实意；HORENSOU（ホウレンソウ），意为菠菜；DO DO DROP，DO DO（读作ド ド）是为发后面的 DROP（ドロップ）做准备，日文中的 DROP 一般指水果糖。

精锐　木莲[1]　仁和寺　朕

NA[2]　散乱　筒井筒[3]

江口之里[4]在哪里呢

一点一点　积攒着

一点一点　堆积着

我的词汇量如今有几千个了呢

还是几万个呢　明明多到无法计数

却没有被附加任何所得税

若是猛地　大吃一惊　会闪到腰吧

生下来以后就　用完即丢

将用完即丢的物品　再次捡起

把捡到的东西毫不珍惜地随意丢弃

人来

人往

眼睛看不见的堆积物黑漆漆地

化作丰饶无比的腐殖土

无论多小的种子

在这里也一定能发芽吧

1　指木兰花，紫玉兰。

2　原文为“な”，无实意。

3　读作“つついづつ”，指围在圆井口的筒状围栏。

4　“江口”指日本古代令制国摄津国，相当于如今大阪府西部与兵库县东南部。被淀川、神崎川、安威川夹在其中的大阪东淀川区东北部南江口一带，自古以来被称为“江口之里”，因为此处是淀川汇入神崎川的分流点（江之口）。“里”有村子的意思。

大部分人快速地经过离开

为了生活拼尽全力

无暇翻土

无暇观察颜色

也无暇嗅闻味道

但那或许是件极好的事

时而抛出意外时髦的甜言蜜语

或恶言恶语

时而竟又像完全没发觉似的

生下来发出的是“A——”

死前发出的也是“a——[1]”

明明流行写遗书

却无人写下“我宣布语言转让一事”的

分配书托人保管后离世

就像太阳　风和水

生命中不可或缺之物

最容易被忘却

“瞬息万变的话语　不是骗人吗”

粗鄙的叶片

接连不断　轻飘飘地堆积着

1　前后两句的原文分别是片假名、平假名表记的“アーァ”“あーぁ”（啊——），读音相同；此处对应译为大小写字母的A与a，发音为“啊”。

就算一年喝不上味噌汤

也能心平气和的家伙也变多了

“是从何时开始的呢

当我对国土一词产生怀疑时

才痛感我所能称之为祖国的

是日语[1]”

说出这段名言的人令人怀念

拨动号码盘却无人接听

想传达的是：

以斯瓦希里语[2]交流度日的人们

或许也是如此吧

发自内心地想对母语

表达谢意

却不知如何是好

至少要怀着赠送手工岁末礼品的心情

每年数次

写些类似诗的东西

1　石垣凛（石垣りん）著《幽默的锁国》（ユーモアの鎖国）。（原注）

2　斯瓦希里语：非洲使用人数最多的语言之一，流行于东非和中非。“斯瓦希里”一词来源于阿拉伯语的“濒海之地”。

脱离铅字

不看时刻表
也不读报
更别说什么书了！
一旦跟铅字脱离关系
脑中的雾散了
身体也变得十分健康
这是数次旅行教给我的

不戴眼镜
也不用相机
心不在焉时见到的是
不为人知　寂静澄澈之物
只管绽放　兀自凋零之花
令古旧之家焕发片刻生机的人偶们
虽然不说话
却深沉　深邃地　存在着的事物们

一个人很热闹

一个人待着　很热闹
就像热热闹闹的森林哟
美梦噼啪噼啪　爆裂开来
邪恶的念头也　涌上心头
火绒草[1]也好　毒蘑菇也好

一个人待着　很热闹
就像热热闹闹的大海哟
水平线开始倾斜
狂乱汹涌的夜晚也不时出现
还有风平浪静之日诞生的蛤蜊

一个人待着很热闹
并没有什么誓言未能实现的遗憾

一个人待着感觉寂寞的家伙
若凑成一对　会更加寂寞
这样的人更多地聚在一起

1　火绒草（edelweiss）：菊科多年生草本植物，又名雪绒花，薄雪草。生长在高山上，表面覆有白绒毛，夏天开白花。

就会哆　哆　哆　哆　哆地　堕落吧[1]

恋人哟

尚不知身在何处的　你

一定要是

独自待着　也无比热闹的家伙呀

1　哆哆哆哆哆地堕落，原文为“だだだだだっと堕落”，“だ”是“だらく”（堕落）的头音，故译文中采用中文“堕落”的头音duo的同音字“哆”表记。

湖

（大致上母亲这种存在呢

必须拥有某种

静的[1]特质）

好像在听有名的台词啊！

一回头就看到

辫子头与娃娃头以及

两个双肩背包摇晃在

铺满落叶的小道上

不只是母亲

任谁都该在心底

拥有一片宁静安详的湖

心中藏着

田泽湖[2]那样深邃碧绿之湖的人

一开口就能被认出　只需两三句话

1　着重号为原书所加。

2　位于日本秋田县中东部奥羽山脉内的火山口湖。水深居日本第一，透明度仅次于北海道的摩周湖。

那才是宁静沉着
不轻易增减的属于自己的湖
丝毫不受他人影响的魔之湖

似乎与教养学历无关
人的魅力大概就是
那片湖周围
弥漫的雾气

她们似乎很早就
意识到这件事了
小小的
两个
女孩

房 间

简洁朴素的桌子
木制床板
手纺车
地板上只有这些

植物纤维编制的
两张椅子
轻巧地
挂在墙壁上

至今为止所见过
最美的房间
没有任何不必要之物
是某个国家的贵格会[1]教徒的房间

我所憧憬的
单纯的生活
单纯的语言
单纯的　一生

1　贵格会（Quakers）：公谊会、教友派的俗称。17世纪中叶兴起于英国，后在美国繁荣发展。提倡绝对和平主义、反战运动与和平运动。

至今仍在　眼前

轻巧浮现的两把椅子

唯有浓密的空气

得以就坐

足 迹

银杏凋零的日子
透过博物馆的玻璃窗看见
印在黏土上的小小足印
仅有四厘米长的幼儿足印
出土于青森县六所村
绳文时代后期
孩子哇哇地哭了吗
还是咯咯地笑了呢
干燥后的黏土板即使以明火粗糙烧制后
依然有着鲜明的柔软度
远古时期的父母们
也想将心爱孩子的足印保存下来啊
大小仅如五粒鹰嘴豆并列的指头
不知为何竟缓缓　濡湿我的眼眶

我曾经历过悲伤之事
哭到肝肠寸断
泪腺冻结
情感也枯萎殆尽
能让我感动之事明明早已消失
这小脚却砰地踢中

我心底郁结的硬块

话说回来

你又跑到哪里去了呢

将三千年前的足迹

像昨日般鲜明地

留在那里

答 案

外婆

外婆

至今为止

外婆觉得最幸福的是

什么时候呢?

十四岁的我突然对外婆发问

在一个状似无比寂寥的日子里

以为她会追溯往昔

慢慢回味思索

外婆的回答却迅雷不及掩耳[1]

"让孩子们坐在火盆边

给他们烤年糕的时候"

漫天飞雪的傍晚

雪女[2]几欲出现的夜里

1 原文为"間髪を入れず",直译为"间不容发",形容经过的时间极短;但在中文语境里,该词没有这个意思,故翻译为语义较相近的"迅雷不及掩耳"。

2 雪女:日本民间传说里的妖怪,出现在寒冷飘雪的日子里,通常会诱惑男人,对他们进行恶作剧,严重的甚至害人性命。

微明油灯下五六人
膝盖靠膝盖地围坐在火盆边
那些孩子里也有我的母亲吧

像是经历了漫长的准备
又像是早就等着有人来问
我被这精确而
迅速的回答震惊了
那之后五十年
所有人都
消失得无影无踪

只在我心中
偶尔复苏的
谨慎的团圆
梦幻的雪洞

我早已过了那时外婆的年龄
如今正细细回味着
那仅有的一句话里所包含的
烤年糕般有着淡淡咸味的意义

那家伙

“那家伙说的话烂透了！”

人潮里　经过身边的人

吐出的话钻进我耳中

那家伙　是哪个家伙呢　虽然不知道

我却立刻明白了　即使不了解内情

却说“对　那家伙说的话烂透了”

因为每天

头部以下都泡在烂透的语言里

愤懑无法消遣

甚至连自己的语言也开始腐烂

令人惊惧战栗

所以那家伙　无论是哪个家伙　都一样了

某种存在

藏身于大树根部
赤身裸体
呜呜吹着笛子的人

依稀看到的头上长角
半神半兽的瘦弱生物
幼年时期只在杂志上看过一次的画
连作者是谁都不知道
　　（或许只是幅插画也说不定）
但是
我接受了这件事
并没有人教导
　　（这种族类也是存在的　确实）

此后他就在我体内某处栖息下来
丑陋而
寂寞
令人眷恋的存在
仅靠音色　与人们相连

我要去趟总督府

韩国的老人

至今

在去厕所的时候

似乎还有人会缓缓起身

说一句

“我要去趟总督府”

一旦有朝鲜总督府发出的召集令到达

就不得不前往的时代

无法抗拒的事

将之与排泄联系起来的谐谑与辛辣

在首尔搭乘巴士时

看到一位像是从农村上京的老爷子坐在那儿

身着韩服

头戴黑帽

仿佛少年就那样变成老汉

纯粹至极的面相

当几个日本人站着用日语说了几句话时

我看见

老人脸上迅速闪过一丝畏惧和厌恶

那比诉尽千言万语更强烈地

暴露出

日本犯下的罪行

樱 花

今年也活下来
看着樱花
人在一生中
要看多少次樱花呢
若十岁左右懂事
最多也只能看七十回上下
只看过三十回　四十回的人也不少
而这远远不够啊
以为所见不止如此
是因为祖先的视角也
混入其中重叠升腾出幻觉了吧
艳丽　妖娆　诡谲
难以捕捉的花之色
若是在漫天樱雨中　缓步而行
刹那间
便可如名僧[1]般了悟：
死才是常态
生为可贵的海市蜃楼

1　指江户时期的禅僧良宽，他辞世前留下俳句“散るさくら 残るさくらも 散るさくら”，可译为：凋零的樱花 那残留的樱花也终将凋零吧。结合本诗，即表达死是生的归宿，是万物的恒常状态。

四行诗

用买杯咖啡都不够的银元

买一本奥玛·海亚姆[1]的《鲁拜集》[2]

奥玛又是个怎样的名字啊

全书几乎都是关于酒的诗篇　莫名让人怀恋的波斯古歌

给酒取名为忘忧之物的

是什么时代的　何种人物

我的忧虑太深　无法借此忘却

无论火酒[3]　老酒[4]　还是马格利[5]

拉扯了这边　那边就不够

往那边移动　这边就短了

无论怎么做都无法消除矛盾的世界

孩子般地将矛盾的床单相互拉扯

恍惚度过的一生

1　奥玛·海亚姆(Omar Khayyám，1048—1122)，或译作莪默·伽亚谟，波斯诗人、哲学家、天文学家。

2 《鲁拜集》(Rubā'īyāt)：奥玛·海亚姆的代表作。“鲁拜”即四行诗的意思，是一种类似于中国绝句的微型诗体。

3　即伏特加。俄罗斯的一种传统烈性酒。

4　指中国谷类酿造酒中的陈酿。

5　韩国代表性的低度酒，呈白浊色，由谷物酿造。

欲望太多却一事无成的人生
忘我追求目标的生涯
如果所有人都相同的话

明明生来不知任何苦痛
坦然用两脚站立着
离世前却要承受严酷的肉体刑罚
这毫无道理吧　因何而设的陷阱

不要担心
在死亡一事上至今从未有人失败
活过千年仍在流浪
受过如此可怕惩罚的人也并不存在

一位匿名女学生写下的句子
收录在某国的涂鸦诗集中
“我们是到这个世界来做客的
因此再难吃的东西也必须说好吃地咽下它”

树木喜欢旅行

树木
永远
记得
踏上旅途的那天
即使在某处扎下了根
一动也不动地站立着

绽放花朵　邀请虫　邀请风
忙着结果
随风摇动
向着远方
向着远方

终于有鸟儿啄食果实
野兽啃食果实
无须背包、旅行箱与护照
借着小鸟之腹
树木在某天　突然开始了旅行——朝着天空
也有的见缝插针搭上了船

嘭一声落地的种子想：

“这地方不错啊　能看见湖”

于是决定暂且留居此处

变成小小的树苗扎下根系

像最早那棵树一样

分身之树又开始梦见

踏上旅途那天的事

用手触摸树干

就会彻底明白

树木有多喜欢旅行

明白对流浪的憧憬

和对漂泊的思绪

是如何地使它们身体扭曲

那个人栖居的国度

——致F·U[1]

那个人栖居的国度

带有人的体温
是握手时的柔软
是低沉的声线
是为我削梨的手势
是火炕屋[2]里的温暖

写诗的那位女性的房间里
有两张桌子
必须回复的一捆捆信堆得像小山
莫名令当时的我无比感同身受
墙壁上悬挂着大大的勾玉一块
位于首尔奖忠洞坡道上的家
前庭里有柿子树一棵
今年也结出果实压弯枝条了吧
某年晚秋
她来我家做客时

1 那个人、F·U即指与作者相交甚深的韩国女诗人洪允淑。作者曾翻译过她的诗，收录在花神社出版的《韩国现代诗选》中。洪允淑也曾写过有关茨木则子的诗。

2 此处是指韩国带炕的房间。

透过玻璃窗一边眺望一边低声呢喃
荒芜的庭院真有风情
落叶沙沙未曾清扫
花丛也枯萎了
身为荒芜庭院的主人虽感到羞愧
那不加修饰的模样却好像正合客人口味
日语跟韩语混杂交错
谈论过往种种
仿佛要缓解我的愧疚般
她说：我们可以成为好朋友
率直的言谈
楚楚的风姿

那个人栖居的国度

无论面对雪崩似的报道　还是老掉牙的统计
都不会囫囵吞枣
有自我调整的可能
地球上四处都有这种事在发生吧
抛下各自僵化的政府
人与人之间的交往
化作小小的旋风

电波在自由地飞舞

电波在迅速地飞舞

虽然比电波缓慢

却是这也被捕捉

那也被扔回

被灌输

见到外国人就将其视为间谍的

我的少女时代

无法想象的事物

乡村风的歌谣

有从不同土壤里
阳炎[1]一般
突然散发魅力的旋律
也有为人们所爱
长久传唱的民谣
为何国歌之类
非小题大做地歌唱不可呢
它们大都被侵略之血所玷污
藏匿着不怀好意的过往
为何还须擦净嘴角起立
一动不动地咏唱呢
不听不可以吗
　　我不起立　我要坐着

没有演奏而感到冷清时
最适合听民谣
樱花樱花[2]

1　在强光照射下，地面产生的不规则的上升气流与密度不同的空气混合，而产生的一种光的折射现象。

2　日本民谣，原名さくらさくら。作于江户幕末时期，原本是给儿童学箏的入门曲，明治以后被重新填词，以如今的形式流传开来。

乡间赛马[1]

在阿维尼翁桥上[2]

伏尔加河船夫曲[3]

阿里郎[4]

梭罗河[5]

各式各样的山与河都散发出气息

野外会有风横扫而过吧

那就一起音声相和

啊～我这样毫无身份的家伙[6]

八木节[7]也不错啊

1　美国民谣，原名 *Gwine to Run All Night* 或 *Camptown Races*，1850 年由美国作曲家斯蒂芬·福斯特（Stephen Collins Foster）创作。

2　法国童谣，创作于 15 世纪，原名为 *Sur le Pont d'Avignon*。曲调欢快，歌词大意是各种身份的人在阿维尼翁桥上围成圈跳舞。歌词中的阿维尼翁桥又名圣贝内泽桥（pont Saint-Bénezet），实际上桥面空间有限，不可能容纳很多人跳舞，当时的人应该是在桥边的位置跳。

3　俄罗斯民歌，原名 *Дубинушка*，又名《伏尔加河纤夫曲》。19 世纪由俄罗斯的作曲家集团五人团中的米利·阿历克谢耶维奇·巴拉基列夫（Милий Алексеевич Балакирев）采谱，于 1866 年收录进他的民谣集中发表。

4　朝鲜民谣，原名《아리랑》，是朝鲜半岛最具代表性的民歌，被列入世界非物质文化遗产。

5　印度尼西亚民谣，原名 *Bengawan Solo*。梭罗河是流经印度尼西亚爪哇岛中部的河流，也是爪哇最长的河流，它旱季干涸、雨季水流充沛，歌中也寄寓了生活在此地的人们的情感。

6　此为后一句提到的“八木节”的第一句。此处所引用的版本前几句大意是：“啊——我这样毫无身份的家伙，在各位贵人面前领唱实在叫人惶恐，但还请暂且见谅，让我稍微说几句……”

7　八木节（やぎぶし）：是流传于日本群马、栃木二县的民谣小调，歌词有多种版本，内容往往是讲述一个戏剧性的故事，常见于此两地的盂兰盆节，为传统舞蹈的领唱。

自暴自弃　乡村风的歌谣

跟我们的节奏完全重合

休憩之所

在很久很久以前的　远方
女校旁
有一条街道延伸着
据说一直伸向三河国[1]　今川村
今川义元[2]的诞生之地

发白的街道上
一张写着“休憩之所”的
褪色砖红色旗帜随风飘舞着
几乎只给公交车站支了个屋顶般
俭朴的　外观
明明没有人
却有几只茶碗扣在那儿
像在昭示夏则麦茶
冬则番茶[3]的待客准备

商人　农民　药贩子

1　三河：古代日本令制国名。属东海道，相当于今爱知县东部。

2　今川义元（1519—1560）：日本战国时代大名，势力最盛时涵盖远江、骏河、三河及尾张南部，所领达百万石以上，在桶狭间之战中遭织田信长奇袭身亡。

3　日本人常饮的一种廉价绿茶。

像是在朝

这些肩负重担的人们说

来这里休息片刻

喝口水润润喉

来吧　坐一坐再进城去

即使不知是谁在照管这个小摊

不像自动贩卖机的虚有其表

无人看顾却隐约有种人情味道

曾经的驿站与朝圣路上

至今仍有昔日的痕迹残留

“休憩之所……想提供的或许只是这个”

想起恍惚思考着的十五岁那个

身穿水手服的我

如今所有地方的椅子和长凳都被清理干净

仿佛在说：别坐下　快走开

*

四十年前的　一个晚秋

坐夜行巴士出发　拂晓时分

到达奈良车站

想去法隆寺

巴士却还未运营

没办法

拿出昨晚买的车站便当默默吃起来

在那个候车室里　站长先生走过来

为仅有的两三位客人斟了茶

缓慢流动的时间

站长先生的脸虽已忘记

但那大大的铁壶与制服

以及倒给我的热浓茶的气味

至今依然留在记忆里

落伍者

没有车
没有文字处理机
没有影碟机
没有传真机
笔记本电脑　互联网　从未见过
但并无太大障碍

　　搜集那么多信息有什么用
　　那么着急想做什么
　　大脑仍是空空

很快就变旧的破玩意儿
不许入我山门[1]
　（说是山门　明明只有个木门）
旁人见了会嘲笑的落伍者
却是主动选择的落伍者
　　　还想更加落后些

即使一个电话

1　山门：寺院的正门。此处指作者的家门。

也是了不起的文明利器
还在感激之中
却连偷听都变得容易
便利之物通常都伴随着令人不快的副作用
浮舟于小河中心
像江户时代那样只能密谈的日子或许就要来了

将老式的黑色电话号码盘
缓缓转动
无人接听
在徒然的呼叫音的间隔中
忽然
从未去过的
锡金与不丹的孩子们那
衣领上的气味乘风飘来
状似棉和服的民族服装
带有阳光气息的枯草香

无论发生什么能幸存下来的是你们
从不自诩认真
却认真活着的人们哟

不去倚靠

再也
不想倚靠现成的思想
再也
不想倚靠现成的宗教
再也
不想倚靠现成的学问
再也
不想倚靠任何的权威
长活至此
真正领悟的只有这些
仅靠自己的耳目
自己的两条腿立足
没什么不方便的

若要倚靠
那只能是
椅背

笑的能力

“老师　最近还好吗

我家的姐姐也差不多快要开始染色[1]了”

有听过哪家的姐姐是会染色吗

收到信件的教授

花了好几秒钟才意识到那是柿子的误笔[2]

“下次聚会请务必出席

毕竟枯木亦能增山趣”

哎哟哟　那是老年人的自谦语

不是年轻人邀请年长者的用语

穿着光鲜的夫人们聚会的餐厅一角

服务生天真烂漫地对甜点进行说明

“这是西洋梨巴伐露[3]”

“什么　西洋梨老女人？”[4]

年轻的女孩一脸疲惫地说

1　染色（いろづく）：指逐渐染上美丽的色泽。

2　日文中的柿子（柿）与姐姐（姉）字形相似，仅有偏旁不同，故有此误。

3　巴伐露（bavarois）：以牛奶、鸡蛋、砂糖、明胶、生奶油等为材料，塑形冷却后做成的糕点。

4　日文中的巴伐露（ババロア）与老女人（ババア）读音相似，此处为误听。

我呀　作了一首诗

送给他　标题是虫

“我　想变成跳蚤或蚊虫

这样就能二十四小时都紧贴着你了”

范围真是混乱宽泛哦　诗这东西

语言那脱臼　骨折　扭伤的样子

非常怪异

深夜　若是独自笑出声来

连自己也觉得毛骨悚然

一边冒着冷汗　同时

另一个我在耳畔私语

“很好

你还有笑的能力

虽是种贫瘠的能力

但要将它保持到临终”

好　希望能够做到

山笑[1]

这个日语单词也很好

行经春日的微笑

1　山笑（山笑う）：形容春天山上草木萌芽、闲适而明丽的感觉。在俳句中是春天的季语。一说来源于宋代郭熙《林泉高致·山川训》中的“春山淡冶而如笑，夏山苍翠而欲滴，秋山明净而如妆，冬山惨淡而如睡”一句。

山呀　新绿轰鸣

尽情地笑吧！

回过神来　不知何时

连我的膝盖也笑了[1]

1　指膝盖上有了皱纹，年纪大了。

毕加索的大眼睛

毕加索的大眼睛
见过一次就无法忘怀
但最近突然意识到
那个人一定有巴塞杜氏病[1]
我也患了同样的病
看东西时而重叠时而扭曲
变成重影几乎无法对准焦距
毕加索的立体主义[2]之源是
这个啊　我莫名得出上述结论
虽然一直以为那是为在平面画出立体而创造的崭新方法
某个时期　他
所见之物一定都是歪斜　破碎的
连女人的脸
也令其提高至一种手法

一旦有类似敌人的东西进入
身体便会有所反应产生免疫

1　又译为巴塞多氏病，一种因甲状腺激素分泌过多而诱发的疾病，患病者女性较多。症状表现为眼球突出、手抖、高烧、腹泻、盗汗等。

2　立体主义（Cubism）：又译为立方主义，指20世纪初由毕加索等人创立的流派，也指由此掀起的风靡于法国的艺术运动。将对象分解为基本元素后进行重构，致力于结合成新的形态与空间。

可敌人明明没有进来

是某处机能紊乱了吗

发出了制服自己身体的误操作指令

自身免疫疾病[1]

甲状腺激素奔涌而出

据说连眼球筋也会变得肥大导致眼球突出

对毕加索产生的出其不意的亲近感

我认为是个微小的发现

请教了几个美术史专业的人

“某处是否有这样的记载呢？”

大家都

一脸怀疑地说

“这个嘛……”

明明是年轻时发作的病

到这把年纪居然患上是说明

“我的身体仍然还很年轻吗？”

如此半开玩笑地询问

“您想这样认为的话

  这样理解也没关系吧”

年轻的医生[2]认真地答

1 机体对自身抗原发生免疫反应而导致自身组织损害所引起的疾病。

2 指作者的侄子宫崎治，这段对话来源于二人的闲聊。

水之星

在宇宙漆黑昏暗的内部

寂寂转动的水之星

周围没有伙伴也没有亲人

简直是个孤独的星球

要问我自诞生以来

因何物感到最为惊讶

那便是将滴水不漏地旋转着的地球

从外部咔嚓拍下的一张照片

原来我们生活在这样的地方吗

从未见过这张照片的人与我们之间

明明有着泾渭分明的意识差距

大家的表现却似乎分别不大

与太阳之间的距离适当

似乎还被充足的水包裹着

内部明明还是个火球

令人难以置信的不可思议　蓝色的星球

想必是残存着可怕洪水的记忆

才孕育了诺亚方舟的传说吧
明明是善良之人才会被选中搭乘的船
看看这些子孙后代的狼狈相　这传说也极其怪异

从未偏离轨道　至今仍未变成死亡星球
怀抱丰饶的生命
却莫名显出寂寥的　水之星
作为它极小一部分的人类　没来由感到寂寞也理所当然

过于理所当然的事就不要说出口了吧

草

草户[1]　　茅草屋顶　草枕[2]

摘草[3]　　草饼[4]　　草团子[5]

草书　　草案　　草稿　　草创

草庵　　草堂　　草木染[6]

道草[7]　　干草　　草千里[8]

草履　　草鞋　　草双纸[9]

草包　　草摺[10]　　草蜻蜓

1　即蓬门，粗陋之家的门。此处为贴合整首诗的形式而保留原文中的“草”字。

2　旅行时结草作枕，指露天野营。夏目漱石著有同名小说。

3　指春季到野外采青。此处为贴合整首诗的形式而保留原文中的“草”字。

4　将艾叶捣碎后混入糯米粉中做成的饼，一般会加入红豆馅儿。日本人在三月三日桃花节时，有在人偶台上供奉草饼的习俗。

5　与草饼相似，但草团子个头较小，通常三至五个穿成一串，或数个为一碗，搭配黄豆粉或红豆沙食用，有时二者皆有。

6　一种历时悠久的染色法。以草根、树皮、植物叶片、果实等煎汁提取色素进行染色。

7　即路边草。日语中有“道草を食う”的俗语，意为贪吃路边草，引申为途中因某些事耽搁。

8　地名。位于日本熊本县阿苏火山中央火口丘、乌帽子山北麓的火山口遗迹，是一片美丽的草原。

9　江户中期至明治初期流行的一种插图读物，图旁辅以假名文字，知识水平较低的人也能看懂。

10　即护腿甲。此处为贴合整首诗的形式而保留原文中的“草”字。

草相扑[1]　草野球[2]　草竞马[3]

草热气[4]

草卧[5]

草兽之地

草木亦能言语

草木亦眠之时[6]

草木成佛

草木塔[7]

　　　草草[8]

带草字的东西我都喜欢

只要想到什么就喃喃说出什么

心情　慢慢地　沉寂下来

亲近草类而居的

素不相识的遥远先祖们

日复一日的生活　日复一日的操劳也

1　指业余人士之间进行的相扑比赛。此处为贴合整首诗的形式而保留原文中的“草”字。

2　指业余人士之间举行的棒球比赛。此处为贴合整首诗的形式而保留原文中的“草”字。

3　指与公营赛马相对的，农村进行的小规模赛马或地区主办的赛马。

4　原文为“草いきれ”，指夏天在烈日照射下草丛中升腾而起的热气。此处为贴合整首诗的形式而保留原文中的“草”字。

5　原文为“草臥れる”，形容疲惫、疲劳。此处为贴合整首诗的形式而保留原文中的“草”字。

6　原文为“草木も寝る丑三つ時”，指万籁俱寂的深夜。此处为贴合整首诗的形式而保留原文中的“草”字。

7　对草木表示感谢，并祝愿其茁壮成长的石碑。

8　简略地。常用于文章或书信末尾，表示行文简单，草草不能尽意。

时隐时现

那么

稍有疏忽便导致其

强悍生长终致繁茂的

庭院杂草也必须好好对待了吗

只是不要一味将它视为仇敌

行踪不明的时间

对人类而言
行踪不明的时间是必要的
虽然说不出理由
但有某种事物在如此私语

三十分钟也好　一小时也好
哐——地独自一人
离开一切事物
打瞌睡也好
冥想也好
做违背常理之事也好

远野物语里的寒户婆[1]那样
漫长的失踪虽然令人困扰
倏忽抹去自身这个存在的时间却很必要

所在地　所作所为　时间带
明明没有每日制造不在场证明的理由

1　日本民俗学家柳田国男在其搜集远野地区（岩手县远野町）的民间传说汇集而成的民俗学作品《远野物语》“神隐”一节中提到的老太太。她年轻时在梨树下莫名消失，只留下一双草鞋，三十年后变成老太婆的样子归来，后又消失。寒户是柳田虚构的地名。

只要来信提示音一响起

便立刻取出手机

哪怕是正在走路的时候

甚至在巴士或电车中也一样

仅仅为了回答

“立刻回来”或是“现在在哪儿？”

虽然遭难时的获救率或许会因此提高

但若电池用光或没有信号

绝望只会加深吧

比起挥舞　一件T恤来说

我即使在家里

也会偶尔行踪不明

门铃响了也不应

电话响了也不接

因为此刻不在

肉眼虽不可见

但这个世界上的所有地方

都被放置了透明的旋转门

既可怕　又美好的　旋转门

稀里糊涂地推一把

或是

意外被吸入其中

只要旋转一次　瞬间

就能让你进入异世界游荡的装置

若是那样

就会变成彻底的行踪不明

留下的一件趣事是

到那时

一切约定

全都会

清零哦

五 月

茄子啼哭

似受伤的兽类横卧

像落语“王子的狐狸”[1]般出现

而没有狐狸崽

侧耳聆听深夜沉寂之音

黎明时睡眠片刻

太阳上升

懒懒起身

喝少许水

树在风里

摇曳

---

1 王子的狐狸：落语中的一则故事，是初代三游亭圆右将上方落语《高仓狐》移植到东京的产物。“王子”指王子稻荷神社周边一带。狐狸在日本被视为稻荷大神的使者，故而也受到人们爱戴。这则落语的大意是：一名男子目睹一只母狐狸化作年轻女子，心想与其被捉弄，不如自己主动出击捉弄那狐狸，于是出声搭讪，称其为“小玉”，并带她到料理店，不点油炸豆腐（狐狸爱好之物）而点了天妇罗、刺身与酒与之共享。男子很快将小玉灌醉，并告诉侍女找睡着之人结账，自己却拿着该店特产的煎蛋卷溜之大吉。小玉醒后因男子的戏弄而发怒露出原形，好不容易才逃出料理店。这边厢，男子拿着特产去朋友家，并讲述了事情的来龙去脉，朋友却担心受到传闻中执念深重的狐狸诅咒，拒绝接受特产并将男子赶走。男子回家后，发现一切并无异常，但他思来想去，决定第二天带着礼物去向狐狸赔罪。翌日，男子在此前碰见母狐狸的地方见到一只狐狸崽子，于是将礼物交给小狐狸，并告诉它事情的因由。母狐狸回来后听说男子专程跑来道歉，心想“人类真是执念深重啊”。它们打开礼物盒子看到里面装着牡丹饼，小狐狸想吃，却被母狐狸制止道：说不定这是马粪变的呢！

那一刻

性爱里
有死亡的气息

在新婚之夜的倦怠中
我无意识地呢喃道

谁会先走[1]呢
我和你之间

那种事先不要考虑吧
你的回答丝毫不像个医生

尽量不去考虑地过了二十五年
连银婚之日[2]也度过以后　终于还是来了

那一刻
就像棒打鸳鸯一般

1　指死亡。
2　指结婚 25 周年的日子。

梦

松软的重量
烙印在身体各处的
你的记号
缓慢地
不似新婚期的焦灼
而是沉稳地
执拗地
浸没我的全身
无上的充实感
舒畅地张开身体
揽你入怀
却被自己的声音惊醒

身边的床上明明空荡荡
你的气息却无处不在地充满
甚至有类似音乐之物发出声响
余韵
不知是梦抑或现实
残留在身体上的是
可谓悲哀的纯洁

徐徐起身

算来　四十九日[1]就是明晚

这问候真有你的作风

饱含千万思绪

却终是无言

为何一定要认识到

自己是被爱着的呢

这就是告别吗

又或许是开始

我无从知晓

1　指人死后第七七四十九日。据说在此期间死者的灵魂仍彷徨于世间。

佛经

返乡入殓时

在寺庙举行了诵经仪式

两位僧人　是清一色的音痴

越是抬高音量朗朗而诵

调子就越是偏离得不可收拾

聚集在一起的亲戚们拼命忍笑

咕　咕　咕　咕

漏出鸽子似的苦恼声音

像波纹一样扩散开去

我当然笑不出来

却也不禁感到同情

日本海之畔能看见海的寺院

你从小便熟悉亲近的寺院

问了才知道僧人之一似乎是你中学时代的学长

这样的佛经可是很难有机会听到的

严肃庄重比什么都好

在亲切之人窃笑声的影响下

笑得最厉害的

或许是对声音最敏锐的你吧……

眼前仿佛出现了你大笑的样子

“真是太不慎重了”

“失礼了”

后来大家都来跟我道歉　但我说

“没关系，一点也不碍事……”

蜩虫用悦耳的声音唱起了歌

同行者

你去世的五月

一个月后的六月里

金子光晴先生也去世了

健步如飞的金子先生一定追上你了吧

“呀　医生！”

砰地拍你的肩膀

“啊，金子兄！”

你张皇失措　连先生二字都没说[1]

对落语十分了解的金子先生

演起了地狱八景亡者戏[2]里的一段

“空空寂寂　简直与那里[3]风景无异”

如此说着　甚为欢喜

1　日本人对医生、老师、作家等职业的人的称呼都用带有敬意的“先生”二字，而对平辈或相熟之人的称呼则多用“さん”（文里一般根据被称呼人年龄、性别译作先生、小姐、女士等）。此处作者对金子光晴的称呼是“さん”（译为先生），金子光晴对作者丈夫的称呼是比较尊敬的“先生”（因丈夫职业为医生，译作医生），丈夫对金子光晴的称呼未礼尚往来地用“先生”，而是慌张之下用了“さん”，为了区别于中文的“先生”而翻译为“兄”。

2　地狱八景亡者戏：属于旅行题材的落语，从一个名叫喜六的男人吃青花鱼的刺身中毒死亡，在地狱里遇上前阵子去世的老友伊势屋，两人一同前往阎魔王处接受制裁开始讲起，介绍了各种堕入地狱的人与地狱风景，故事内容也因不断切换的人物而有所变化，最后以四个职业各异、皆因在人世谋财伤人而被缩短寿命的人与阎魔王及其手下的斗智斗勇而结束。

3　指落语地狱八景亡者戏里所描述的地狱之景。

你也终于想起了

曾在米朝[1]个人演出上听过的超现实故事

两人都未提起

各自抛在世间的老婆

不知不觉金子先生

变成同行者之中的主角

精力充沛无人能敌

“欸——六道十字路口[2]原来是这样子吗？

早知如此就能多写一点了嘛”

他是指未完成的诗集《六道》

但没有一个人领会到

诗是骗人的最佳手段

即便堕入地狱似是必然

主谋者　金子光晴也想尽各种对策

借他生前的词汇来说

那就是

“要嘲弄嘲弄地狱”

狠狠戏耍一番

顺顺利利

一九七五年的初夏时节　听闻他不由分说地拉上

成为同行者的某人与某人

1　米朝：应指日本落语家第三代桂米朝。

2　原文为“六道の辻”。“六道”为佛教用语，指相对净土的六种存有妄念的世界，即天人道、人道、畜牲道、阿修罗道、饿鬼道、地狱道。辻，十字路口。

向晴朗而自由的世界进发了

向着那无限碧蓝的纯洁世界

部 分

日复一日地过去

会越来越稀薄吗

对此感到恐惧

你身体的记忆

曾经喜欢的脖颈处的气味

柔软的头发

皮肤光滑的脸颊

游泳锻炼出的厚实胸形

兀字形的肚脐

频频抽筋的小腿肚

趾甲时常长入皮肉的大脚趾[1]

啊　还有

最最隐秘的细节

究竟是什么原因呢

那些日与夜如新生般

以随时都能取出的鲜活度

成形的

你的部分

1　即嵌甲症状，会引起疼痛。

车 站

每天早晨

经过涩谷站

坐上驶向田町的巴士

北里研究所附属医院

那是你曾经工作的地方

大约有　六千五百个日子

每天两次

大约有　一万三千回

用力踩踏涩谷站的通道

被很多人

用力踩踏

用力踩踏

每一层阶梯每一条通道仿佛都

变得有一点点　弯曲

其中

也有你的足迹

一面感受着

眼睛看不见的你的足迹

一面怀恋地

通过这个车站时

如同从山峰间缝隙中

渗出的雾气般

我胸口的肋骨附近

叹息般地涌出

悲伤的烟云

夜晚的庭院

气味　流淌而出
这才留意到
花儿们的绽放
庭院里的一棵金桂

粒粒小花
从奶油色到姜黄色
转眼就变了颜色
毫不吝惜地释放妖冶的芳香

某些地方有点恍惚的你
是个频繁弄错
生发水与剃须膏
将其涂抹的人

因此　被氤氲在夜色里的馥郁花香引诱着
推动彼世与此世之间
透明的秋日旋转门
猛然　出现在门的这一侧也未必不可能

身穿哔叽面料的和服

说着

咦?

一边挠着头发

即使发现了你

我也会佯装不知

为了不吓到你而若无其事地

对你说话吧　就像昨日你还在一样

呀　不知不觉

长成了这样的大树还开满了花

种下去的时候　明明只有屈指可数的五六枝花

你看　地上还铺了这么多

瞅准时机

徐徐抓紧你的腰带

一起翻个跟斗

这次一定要一起走

从这边　到那边

在这小小的庭院某处

似乎就隐藏着那样的旋转门

不要消失　夜晚的庭院

恋 歌

失去了肉体
你越发　成为了你
变成纯粹的原浆酒
越发让我沉醉

恋情或许不需要肉体
然而如今　恋慕之情长久不息的这种怀恋[1]
已成为不通过肉体
便终究无法获得之物

有多少人
钻进了
这样的矛盾之门
心慌意乱　泪流满面

1　恋慕之情长久不息（恋いわたる・恋ひ渡る）：是古典文学中的说法，形容钟情于一人而度过漫长岁月。《万叶集》中收录了笠女郎赠与大伴家持的恋歌："朝霧のおほに相見し人ゆゑに命死ぬべく恋ひ渡るかも"，大意是，虽然只是如雾里看花般见过你一面，我的爱慕之情却已深刻到不惜舍弃生命。由此可见，"这种怀恋"是对古代恋歌作者纯洁的恋慕之心的怀恋。

一个人

通过一个男人
邂逅了许多异性
男人的温柔　可怕
弱小　强大
无能程度　狡猾
培养他长大的严厉老师
可爱的幼童
他的美好
甚至令人难以置信的愚蠢
虽非主动展示却全部让我见识了
二十五年间
虽非刻意却也全部看见了
真是件丰厚无比的事对吧
但明明认识很多男人
却终究没能邂逅那唯一异性的女人也很多[1]

1　根据原文中汉字与假名的标示，这首诗中的“男人”“女人”不局限于性别，也可换作广义的“人”来理解。

不得不抓紧

不得不抓紧了
静静地
不得不抓紧了
整理情绪
到你身边去
不得不抓紧了
在你身旁入眠
进入再也醒不过来的睡眠
那就是我们的成就
拥有人生目的地的　难能可贵
缓慢地
抓紧着

习 惯

彼此之间
变得习惯真让人讨厌啊
虽然亲密感
无论加深到什么程度都好

三十三岁的时候　你如此说道
二十五岁的时候　我听闻此言
至今为止从未被人教过的重要之物出现
回想起来那或许就是我们的出发点

狎昵　驯熟
习惯　狃狎
亲昵　狎亵
每一个都是无比亲密的汉字[1]

其间人与人的关系逐渐崩坏
不知不觉已见过多么不胜枚举的例子啊
回过神来为时已晚
设在爱里的恐怖陷阱

1　上述六个词都读作“なれる”，意思相近，分别写作：狎れる、馴れる、慣れる、狃れる、昵れる、褻れる。

没有落入圈套拼命挣扎

安然行走至此都是托你的福

唯有亲密沉淀后被浓缩

结晶的粒子至今仍在沙沙地持续洒落

(存在)

你　或许
从未存在过
只是借着你这个形态　某种
绝妙的气体嗖地流过

我或许也　其实
并不存在
只是某种仿佛存在的事物
呼吸着

就像只有透明的气与气
相互接触一般
这样也好
仿佛一切生物都将如此消失一般

附记

诗集《岁月》于作者逝后的2007年2月刊行。本书收录的作品中,《(存在)》一首在作者留下的原稿中虽然没有标题，但庆幸与作品一同留存下来的作者自笔的目录备忘录中写下了“存在”的字样，因此，以“存在”作为标题，并加括号表示暂代。

古 歌

老朋友

像缠绷带似的

轻声说

“自古以来人类都是这样过来的哦”

我老实地点头

就连难以断念的事情

大家都会想方设法地理解

就此接受事实呢

古歌的亲切

从未像如今这般浸人心肺

就连佚名作者的挽歌[1]

也像雪水融化般缓解了我的悲哀

在清冽的水流里浸泡根系

我是岸边的一棵水芹

我这贫瘠微小的诗篇

终有一日也能冲掉些许别人心中的悲哀吗

1 指《万叶集》中哀悼死者的和歌。

岁 月

要看透真相
二十五年的岁月会太短吗
想象了一下九十岁的你
想象了一下八十岁的我
其中一个痴呆了
另一个疲惫不堪
又或是两个人都变成这样
莫名其妙彼此憎恶的模样
瞬间掠过脑海
又或是
成为温和的老翁与老妪
差不多该走了吧　如此说着
试图掐彼此的脖子
却连那点力气也没有一屁股坐在地上的模样
然而
不只岁月吧
将仅仅一天的
闪电般的真实
抱紧并活下去的人也存在着

拾遗诗篇

曾在杂志发表但未收录进诗集里的作品，在诗人逝后被发现储存于剪贴簿中。《茨木则子全诗集》则将这样的六册剪贴簿作为《拾遗诗篇》收录其中。

勇敢的歌

请等等
很快就帮你结束性命
这是个连玉米粒也想拿来咯吱咯吱啃咬的时代

闭上嘴
请照我说的去做

你今天是米开朗基罗[1]的俘虏了

强壮的肢体被捆绑
像马一样痉挛
情绪越发高涨的我美丽的……。

手握缰绳
来吧像珀伽索斯[2]那样出发
飞向苍穹尽头的
湛蓝透明的世界

---

1 米开朗基罗（Michelangelo Buonarroti，1475—1564），意大利文艺复兴鼎盛时期雕刻家、画家、建筑家，代表作有《大卫》《最后的审判》《创世记》。

2 珀伽索斯（Pegasus）：希腊神话中的天马。当珀耳修斯斩落蛇发女妖美杜莎的头颅时，飞马珀伽索斯于断颈中涌现。

我的头发像烟一样随风飘动
你的鬃毛划破时空之风飞舞

沼泽的妖气哟　永别了

栗色的髀肉哟　再跑快些
在被捉住的你身上挥鞭
勇敢地向前奔跑
啊——我是亚马孙族的女王
　　　　　我的阿喀琉斯哟
　　　　　我的阿喀琉斯哟

你的心跳可悲地变乱
你的羽翼愈是濒临摧折

我的鞭子愈是响彻长空

越过岩石
飞过云朵
一边被星辰亮光照射
可爱之人哟
我曾爱过

令人目眩的火光

喘息的音符

夜晚静寂的天幕

在那里彻底化身为主角的热烈姿态

像琥珀般澄净无暇

被献给无形的祭坛

永不消失地定格

噢——经过了多长时间呢……

我被你背在背上摇晃前行……

那时你似乎笑着……

如同乳母哄逗孩童一般……。

（1950 年 9 月《诗学》）

三月之歌

我的工作是去表扬
丁香花　茉莉花
昏昏欲睡的海
开着的窗
远行的船
肥胖的贝壳

我的工作是去表扬
爱打扮的小孩
烧荒的气味
孩子们的蜥蜴
长高的麦秆
奔放的女孩口齿不清的语言

（1959 年 3 月《花椿》）

六月的山

来到山上
却听到海的声响
是为什么呢

从夏季也顶着积雪的高峰　出人意料地到来
难道是因为这里发掘过贝类化石吗

总之吹着水晶般的风
伫立于时空中一点时
我们是无比渺小的瓢虫

连微小的认知都能
如此爽快地击中人心之地
除此以外还有别的吗

远处回荡的笑声
表明那里有几个年轻的姑娘

过去不被母亲们允许的事情
如今
已被温柔地允许了

登山　美丽的徒然

登山　美丽的徒然

（1960 年 6 月《山与高原》）

五月的风

忍耐过一年岁月的事物
一齐绽放的绚烂
五月的风
不知为何令我染上羞耻之色
人类哼着歌创造的事物
为何如此粗糙呢
一个村子的
勿忘我花的颜色
连那也是耗费了漫长时光才绽放出水蓝色
像卫生纸一样用过即丢
我的一天天
在暖风中飘舞着显现
害羞得不像话

（1962 年 5 月 10 日《北海道新闻》）

四月之歌

抽离生活一事
忽地　将生活
抽离一事
那可是很重要的
没经历过那种瞬间的家伙
不足为道

灵巧地躲开身体
一只蝴蝶在坠落
报告[1]

春天的咒语

（1965 年 4 月《装苑》）

1　原文为“レポ”，レポート（report）的略语。意为报告、报道、联络员等。

山中小屋的邮戳

来到山上
我找回了我
街市不知为何
让我悲惨如尘芥
今天
我看到了令人震撼的夕阳
今天
不再活着的人
明天也
终究无法活了吧

燃烧燃烧
夕阳像哲学家般沉没
将云朵　时刻　染色
从杏色
到蓟花的紫色

（1966 年 8 月《装苑》）

选择了它

极端无聊的是　和平

日复一日的单调是　和平

不得不精心雕琢各自生活方式的是　和平

男人逐渐变得柔弱的是　和平

女人逐渐变得泼辣的是　和平

颜色称心的毛线想买多少就能买多少的

炫目！

让动辄就要停滞下来的事物

长久保持新鲜　很难

比挑起战争　难得多

比让渡灵魂给素不相识者　难得多

然而

我们

选择了

它

（1966年10月《装苑》）

非通过不可

小时候

我曾是个勇气凛然的孩子

长大后

本该变得无所畏惧

回过神来

却发现到处都是　可怕的东西

根本

不该是这样啊

因为变得能清楚认识事物

因为　自我陶醉

也在不知不觉间学会

如何爱别人

胆小之风多半　也是在那时

吹来的吧

如果是非通过不可的隧道

就在深刻体会过各式各样的恐惧后出发

将来某日　能成为

真正的勇气凛然之人吗

与孩童时期　截然不同

（1969 年 4 月《泉》）

不害怕

精于一艺的人

不害怕物

老练的裁缝

能毫无忧惧地将高价布料咔嚓咔嚓裁剪

杰出的画家

在纯白的画布前毫不畏缩

边哼歌边工作　像在涂鸦一般

优秀外科医生的手术刀

安静迅速得像隐秘的医生游戏般若无其事

长笛的名人

吹出轻松的第一音　简直像餐霞的仙人

有魅力的演员

不害怕空间　毋宁说空间被演员吸入

化作一点火星燃烧

看来并非可怕的慎重感被消灭

仅仅是无所畏惧之感

骤然掀起波浪

对穷极某道之人来说

反倒是物欣喜地吸附过来

优秀队伍的足球

陶艺家手里转动的陶土

技艺精湛的木工削出的两块牢牢贴紧的木板

从前飞驒遍地都是这种木工

转碟子[1]的大碟如同棒子上涂了黏合剂一般稳固

对捉鲤鱼的阿政来说

反倒是鲤鱼们渴望被他抱住[2]

存在于物或人之间的

究竟是什么呢

不觉将物吸附占有的朴素之美

那是什么呢

同时也是高级的性感之景

我所使用的物是语言

我不害怕语言吗?

不

我真的拥有它吗?

不觉将词汇[3]们吸附过来的磁场

不　不

1　指握住棒子一端，用另一端旋转碟子的杂技表演。

2　捉鲤鱼的阿政（鯉とりまーしゃん）：原名上村政雄（1914—1999），是日本九州筑后川一带有名的“活河童”。他捉鱼的手法据说是潜入河底，找到鲤鱼的巢穴，一只手遮住鱼眼，像抱婴儿一样将之抱起。据说他鼎盛时期一天曾捕到100条身长95厘米的大鱼。作家火野苇平的小说《百年之鲤》便是以他为原型创作的。

3　日语中的“言葉”能表示语言、单词、语句、措辞等意，根据上下文，翻译略有变化。

伴随着火候未到的叹息

我呆呆地望着无畏的人们

（1971 年 5 月《诗学》）

那个名称

眼　耳　鼻　口　手　足　腹　脐……

他们毫不顾忌地甩手行走着

明明是一样的身体　却唯有肚脐以下令人困惑

只有那里像隐语似的　嘟嘟囔囔……

被英语　德语　汉语代替使用

被方言笑话

把讨厌的东西大量贴上来

即将形成但有一个过度形成的部分[1]

即将形成但有一个不够完善的部分[2]

五六世纪以前的日本人以下流闻名

拥有出类拔萃的品位

无奈延续至现今却不再受到认可

1　此为日本最早的史书《古事记》中的语言，指男根。原文为“（わが身は）なりなりてなりあまれるところ一つあり”。据书中神代史部分记载，天地始分而诞生的诸天神相继生成了多代神，第七代兄妹神伊邪那岐（イザナギ）、伊邪那美（イザナミ）奉天神之名创造国土，伊邪那岐问伊邪那美的身体构成如何，伊邪那美答：我的身体即将形成，但有一个不够完善的部分。伊邪那岐说：我的身体即将形成，但有一个过度形成（即多余）的部分。那就将我多余的部分插入你不完善的部分，产生国土如何。伊邪那美表示同意，于是二神绕柱而歌，先是失败，后成功结合产下八大岛。

2　同上，为《古事记》中的语言，指女阴。原文为“（わが身は）なりなりてなりあわさざるところ一つあり”。

一生掩饰仅以暗示表达

避开那个名称也行得通

就像脸颊　手指　指甲　膝盖　大腿一样[1]

为它们取个爽朗新颖的名称也并非不可吧

然而

诸君　诸位小姐

后者是一大课题　一大难题呀

（1971 年 8 月《NHK 中学生的学习室》）

1　本句中的“脸颊　手指　指甲　膝盖　大腿”在原文中以平假名表示，与句首以汉字表示的“眼 耳 鼻 口 手 足 腹 脐”相对应，表示一种非正式名称，即前文所说：避开原本的名称。

诗

从前的人
猛然[1]　被风的声音所惊吓
将之流畅地咏入歌中
因此如今的人也能注意到
昨日与今日之风的不同　猛然地

大量诗人都吟咏过日本的秋天
通过诗的耳目
体会秋意一事
我们已然忘却
那也不坏

因为诗人的工作融化了
融进民族的血液之中
发现这件事的是谁？　此种问题并未被问起
却已化作人们的感受性本身
呼吸着　流淌着

（1971 年 10 月《NHK 中学生的学习室》）

1　着重号为原书所加，下同。

蜜柑树

从前
四国的公主
嫁入信浓国时
带来家乡的杏树种下
信浓至今也是杏的产地
据说就是这个原因

仿照从前的故事
我也
在和一个男人结婚时
携来一棵家乡的蜜柑树
还担心它在关东是否能扎下根来呢
第七年便结出了可爱的果实

柑橘的果实　在飘雪之日　也在叶片下熠熠生辉
路过的行人　也被它逗乐
由附近小学的理科老师率领着
孩子们也来了　“大家看　这就是蜜柑树”
被排成两列的小小眼珠们　一动不动地观察着
蜜柑因害羞　变得更加红了

（1971 年 12 月《NHK 中学生的学习室》）

往草帽里

往草帽里　放入番茄
抱着走路的话　很热哦　额头
滴答　嗒嗒　嗒嗒　嗒[1]
滴答　嗒嗒　嗒嗒　嗒[2]

刚进小学的时候
老师教给我们的第一首歌
还伴随着动作
将额头　啪啪拍响
用力提腿等等
奇怪的歌
滑稽的歌
莫名其妙地想起
一个人　唱起来

往草帽里　放入番茄……

渐渐变得愉快起来

1　汗水滴落的声音，后同。

2　这段歌词出自童谣 *Tomato*（トマト），昭和初期由北原白秋作词，弘田龙太郎作曲。歌词有四段，不同地方似乎有不同的改编版本。此处作者所记的歌词与原词也有出入。

于是翻开了日本历史年表

昭和八年——我念小学一年级时

小林多喜二[1]被虐杀了！

（1972 年 9 月《泉》）

1　小林多喜二（1903—1933）：小说家，生于秋田县。日本无产阶级文学的先锋，代表作为《蟹工船》。在从事地下工作时被特高课逮捕并遭毒打致死。

灯 火

别人身上发生的事
可能也会在我身上发生

席卷他国的暴风雨
可能也会席卷我们的国家

然而想象力是贫瘠的
很难展翅飞向遥远的地方

拥有与大家不同的想法
仅仅因此而受到羁押

在无人知晓无人看见的地方
无须争论便被陆续击倒的是何种思考呢

如果我　遇上那样的目光
在可怕的暗黑与绝望中

见到远方某处微弱闪烁的灯火
如果它看起来像在一点点靠近的话

会多么欣喜地凝视啊

即便那是无比渺小的灯火

纵使

是在闭上眼睛之后

（1993 年 12 月《赦免人权报告》）

茨木则子大事年表

1926 年（大正十五年）

6 月 12 日，出生于大阪回生医院，为父宫崎洪、母阿胜的长女。

1928 年（昭和三年）2 岁

弟弟英一出生。

1931 年（昭和六年）5 岁

因当医生的父亲的工作调动而移居京都。入学京都下总幼儿园。

1932 年（昭和七年）6 岁

移居爱知县西尾町（现西尾市）。

1933 年（昭和八年）7 岁

入学爱知县西尾小学。

1937 年（昭和十二年）11 岁

当年(小学五年级),日中战争爆发。12月,生母阿胜逝世。

1939年（昭和十四年）13岁

入学爱知县立西尾女校。家中迎来继母信子（のぶ子）。

1941年（昭和十六年）15岁

当年（女校初中三年级），太平洋战争爆发。

1942年（昭和十七年）16岁

父亲在爱知县幡豆郡吉良町（现西尾市吉良町）的吉良开设医院。全家移居吉良町。

1943年（昭和十八年）17岁

入学帝国女子医学药学理学职业学校（现东邦大学药学部）。

6月，全校一年级生参加了山本五十六[1]元帅的国葬。

1945年（昭和二十年）19岁

服从学生动员[2]，在当时世田谷区上马开设的海军医疗用品厂工作时，收听了战败的（玉音）放送。第二天，与朋友两人一起免费乘坐东海道线回归故乡。

1　山本五十六（1884—1943）：日本军人，海军大将、元帅（追授）。历任驻美武官、第一航空战队司令官、海军次官之后，1939年担任日本联合舰队司令。太平洋战争期间偷袭珍珠港和中途岛海战的指挥者。1943年4月18日，自拉包尔出发，于视察部队途中，座机在布干维尔岛上空被美军飞机击落而亡。

2　学生动员（生徒動員）：太平洋战争中，因国内劳动力不足而由文部省于1938年提起的团体号召命令，强制动员中学以上的学生到军需品工厂等地劳作。起初是短期劳动，1944年则变成全年长期劳动，学校课业几乎停止。据统计，在动员地迎来战争结束的学生超过340万人，在动员过程中死于空袭、核爆等灾难的学生超过一万人。

1946 年（昭和二十一年）20 岁

4 月，大学重开。9 月，提前毕业[1]。当时日本尚无国家考试，毕业便取得了药剂师资格证。自称是相当程度的差生，不仅如此，还因在空袭中度过了四处逃窜的学生生涯而对自己感到羞耻，后来也没有使用过药剂师资格证。9 月 21 日，戏曲《说到远津御祖》（とほつみおやたら）当选为读卖新闻戏曲第一回募集佳作。评选者为土方与志、千田是也、青山杉作、村山知义等。相关事迹在《20 岁时战败》（花神 books1《茨木则子》）一文中有详细记录。

1948 年（昭和二十三年）22 岁

童话《贝壳之子小 Q》（貝の子プチキュー）[2] 于 7 月 30 日在 NHK 广播第一频道的夏日广播学校（低年级的时间）播出，由山本安英朗读。童话《大雁来时》（雁のくる頃）在 NHK 名古屋广播播出。

1949 年（昭和二十四年）23 岁

与医生三浦安信结婚。住在埼玉县所泽市大字所泽仲町 577。

1950 年（昭和二十五年）24 岁

第一次将诗歌《勇敢的歌》投稿给《诗学》的投稿栏目“诗学研究会”（村野四郎选）。这是她第一次使用茨木则子

1　日本学生举行毕业典礼的时间一般在每年 3 月底。

2　简体中文版译为《小海贝远游》。

（茨木のり子）的笔名（这一时期的情况在现代诗文库20《茨木则子诗集》的《〈棹〉小史》一文中有详细记录）。此后，将《焦躁》（昭和26年）、《魂》《民众》（昭和27年，鲇川信夫、木原孝一、嵯峨信之、长江道太郎、小林善雄选）投稿给《诗学》。

1953年（昭和二十八年）27岁

5月，与同样投稿于"诗学研究会"的川崎洋一同，创立同人志诗刊《棹》。后来，谷川俊太郎、吉野弘、友竹辰、大冈信、水尾比吕志、岸田衿子、中江俊夫等人也加入其中。

1955年（昭和三十年）29岁

11月，第一本诗集《对话》由不知火社刊行。

1956年（昭和三十一年）30岁

3月，移居至东京都新宿区白银町28（神乐坂）。5月，《贝壳之子小Q》再次在NHK广播"我喜欢的童话（木下顺二）"播出。

1957年（昭和三十二年）31岁

9月，《棹诗剧作品集》（的场书房）收录了《埴轮》一诗。10月，《棹》解散。

1958年（昭和三十三年）32岁

2月，移居丰岛区池袋3-1392。4月，诗剧《杏子村的闹剧》(杏の村のどたばた)在 NHK 广播第一频道播出。10 月，因住房困难而相继辗转于所泽、神乐坂、池袋等地，最终于保谷市（现西东京市）东伏见区 6–2–25 建房。11 月，诗集《看不见的邮递员》由饭塚书店刊行。11 月《埴轮》参加 TBS 广播艺术祭电视剧播出。

1960 年（昭和三十五年）34 岁

2 月，《某 15 分》（ある十五分）在 NHK 第二频道播出。6 月，“现代诗会”（現代詩の会）参加反安保游行。

1961 年（昭和三十六年）35 岁

3 月，丈夫因蛛网膜下腔出血入院。

1963 年（昭和三十八年）37 岁

4 月，父亲宫崎洪去世。弟弟英一继承家业。

1965 年（昭和四十年）39 岁

1 月，诗集《镇魂歌》由思潮社刊行。12 月《棹》复刊。

1967 年（昭和四十二年）41 岁

11 月，诗人评传《活在诗心里的人们》（うたの心に生きた人々）由 sa・e・ra 书房（さ・え・ら書房）刊行。

1968 年（昭和四十三年）42 岁

《在我曾经最美的时候》（皮特・西格 [Pete Seeger] 作曲，片桐让 [片桐ユズル] 翻译）由 CBS・索尼唱片发行。

1969 年（昭和四十四年）43 岁

3 月，现代诗文库 20《茨木则子诗集》由思潮社刊行。

5 月，爱知县民间故事集《附身狐狸》（おとらぎつね）由 sa · e · ra 书房刊行。

1971 年（昭和四十六年）45 岁

5 月，诗集《人名诗集》由山梨 SilkCenter 出版部刊行。

12 月，“棹之会”连诗开始（至 1978 年）。

1975 年（昭和五十年）49 岁

5 月 22 日，丈夫三浦安信因肝癌去世。11 月，随笔集《言之叶摇曳》（言の葉さやげ）由花神社刊行。

1976 年（昭和五十一年）50 岁

4 月，开始学习朝鲜语。

1977 年（昭和五十二年）51 岁

3 月，诗集《自己的感受性至少要》由花神社刊行。

1979 年（昭和五十四年）53 岁

6 月，《棹 · 连诗》由思潮社刊行。10 月，岩波 Junior 新书 9《阅读诗心》由岩波书店刊行。

1980 年（昭和五十五年）54 岁

11 月，吉冈茂美（吉岡しげ美）音乐诗集《女性之诗 · 以及现在》（女の詩 · そして現在）（King Record）收录了

《在我曾经最美的时候》《女孩进行曲》《生气与原谅》《生之物·死之物》(生きているもの·死んでいるもの)、《小女孩所想之事》。

1982 年（昭和五十七年）56 岁

12 月，诗集《寸志》由花神社刊行。

1983 年（昭和五十八年）57 岁

7 月，现代诗人 7《茨木则子》由中央公论社刊行。

1985 年（昭和六十年）59 岁

6 月，花神 books1《茨木则子》由花神社刊行。

1986 年（昭和六十一年）60 岁

6 月，随笔集《朝鲜之旅》(ハングルへの旅）由朝日新闻社刊行。翻译作品韩国童话《兴奋的乌鸦》(うかれがらす)(金善庆著）由筑摩书房刊行。

1989 年（平成元年）63 岁

3 月，文库本《朝鲜之旅》由朝日文库刊行。

1990 年（平成二年）64 岁

11 月，翻译诗集《韩国现代诗选》由花神社刊行。

1991 年（平成三年）65 岁

2 月，以《韩国现代诗选》获得读卖文学奖。5 月，踏上韩国之旅。

1992 年（平成四年）66 岁

12 月，诗集《餐桌上流淌着咖啡香》由花神社刊行。英译诗集 *When I was at my most beautiful and other poems 1953-1982*（彼得·罗宾逊 [Peter Robinson]、堀川史子共译）由 Cambridge 的 Skate Press 刊行。

1993 年（平成五年）67 岁

3 月，友竹辰去世。

1994 年（平成六年）68 岁

8 月，诗歌选集《女人之言》（おんなのことば）由童话屋刊行。9 月，文库本《活在诗心里的人们》由筑摩文库刊行。11 月，随笔集《一根茎上》（一本の茎の上に）由筑摩书房刊行。

1996 年（平成八年）70 岁

7 月，增补版《茨木则子》由花神社刊行。9 月，诗画集《汲取》（汲む）（宇野亚喜良画）由 Zairo（ザイロ）刊行。

1998 年（平成十年）72 岁

12 月，《二十岁的时候》（立花隆访谈集）由新潮社刊行。

1999 年（平成十一年）73 岁

4 月，诗人评传《貘先生要前往》（貘さんがゆく）由

童话屋刊行。10 月，诗集《不再倚靠》由筑摩书房刊行。11 月，诗人评传《个人的战争——金子光晴的诗与真实》（個人のたたかい——金子光晴の詩と真実）由童话屋刊行。12 月，制作 CD《初见的小镇》（佐藤敏之直作曲，鹤冈市制施行 75 周年纪念）。

2000 年（平成十二年）74 岁

4 月，因主动脉夹层而入住公立昭和医院（小平市）。同时查出乳癌并实施手术。

2001 年（平成十三年）75 岁

2 月，诗集《看不见的邮递员》；6 月，诗集《对话》；11 月，诗集《镇魂歌》依次由童话屋再次刊行。

2002 年（平成十四年）76 岁

6 月，诗集《人名诗集》由童话屋再次刊行。7 月 19 日，弟弟英一去世。8—10 月，《茨木则子集 言之叶》（全三卷）由筑摩书房刊行。

2004 年（平成十六年）78 岁

1 月，诗歌选集《零余》由理论社刊行。7 月，对谈集《只有语言互通了，才能成为朋友——与金裕鸿对谈》（言葉が通じてこそ、友だちになれる　金裕鴻と対談）由筑摩书房刊行。10 月，川崎洋去世。12 月，石垣凛（石垣りん）去世。

2006年（平成十八年）

2月17日，因蛛网膜下腔出血在自己东伏见区的家中去世。享年79岁。2月19日，被无法取得联络而前来拜访的外甥宫崎治发现。根据其遗愿，不举行葬礼、追悼会，仅将她生前准备好的信件分送给亲密的友人与熟人。4月，遗骨埋葬于丈夫遗骨长眠的鹤冈市净禅寺（山形县鹤冈市加茂字大崩325）的三浦家之墓。《在思索之渊——诗与哲学的二重奏》（思索の淵にて——詩と哲学のヂュオ）（与长谷川宏合著）由近代出版刊行。6月，绘本《贝壳之子小Q》（山内藤江［山内ふじ江］画）由福音馆书店刊行。

2007年（平成十九年）

2月，诗集《岁月》由花神社刊行。4月，诗人评传《与智惠子度过一生——高村光太郎的生涯》（智恵子と生きる——高村光太郎の生涯）、诗人评传《你不能死去——与谢野晶子真正的母性》（君死にたもうことなかれ——与謝野晶子の真実の母性）由童话屋刊行。CD《刘连仁的故事》（泽知惠演唱）由CosmosRecords发行。

2008年（平成二十年）

1月，诗歌选集《一个女人托着腮》由童话屋刊行。

2009年（平成二十一年）

10月，“诗人　茨木则子的礼物——山内藤江所描绘的

《贝壳之子小 Q》绘本原画的世界”在山形县鹤冈市的致道博物馆举办。

2010 年（平成二十二年）

7—9 月，“茨木则子展 ~ 在我曾经最美的时候 ~”在群马县立土屋文明纪念文学馆举办。10 月，《茨木则子全诗集》（宫崎治编）由花神社刊行。

（宫崎治　编）

图书在版编目（CIP）数据

在我曾经最美的时候：茨木则子诗集 /（日）茨木则子著；（日）谷川俊太郎编；熊韵译 . -- 北京：北京联合出版公司，2020.8

ISBN 978-7-5596-4218-9

Ⅰ . ①在… Ⅱ . ①茨… ②谷…③熊… Ⅲ . ①诗集—日本—现代 Ⅳ . ① I313.25

中国版本图书馆 CIP 数据核字（2020）第 080277 号

在我曾经最美的时候：茨木则子诗集

作　　者：［日］茨木则子
编　　者：［日］谷川俊太郎
译　　者：熊　韵
出 品 人：赵红仕
责任编辑：高霁月
策 划 人：方雨辰
策划编辑：陈希颖
特约编辑：沈　宇
装帧设计：尚燕平

北京联合出版公司出版
（北京市西城区德外大街83号楼9层　　100088）
北京联合天畅文化传播公司发行
山东临沂新华印刷物流集团有限责任公司印刷　　新华书店经销
字数119千字　　860毫米 × 1092毫米　　1/32　　9印张
2020年8月第1版　　2020年8月第1次印刷
ISBN 978-7-5596-4218-9
定价：62.00元